听一线记者讲战"疫"故事

中华全国新闻工作者协会国内工作部　编

学习出版社

图书在版编目（CIP）数据

听一线记者讲战“疫”故事 / 中华全国新闻工作者协会国内工作部编. -- 北京：学习出版社，2022.1

ISBN 978-7-5147-1117-2

Ⅰ. ①听… Ⅱ. ①中… Ⅲ. ①新闻报道—作品集—中国—当代 Ⅳ. ①I253

中国版本图书馆CIP数据核字(2021)第267412号

听一线记者讲战“疫”故事

TING YIXIAN JIZHE JIANG ZHAN “YI” GUSHI

中华全国新闻工作者协会国内工作部　编

责任编辑：宋　飞
技术编辑：刘　硕

出版发行：学习出版社
北京市崇外大街11号新成文化大厦B座11层（100062）
010-66063020　010-66061634　010-66061646
网　　址：http：//www.xuexiph.cn
经　　销：新华书店
印　　刷：北京顶佳世纪印刷有限公司

开　　本：710毫米×1000毫米　1/16
印　　张：17.5
字　　数：206千字
版次印次：2022年1月第1版　2022年1月第1次印刷

书　　号：ISBN 978-7-5147-1117-2
定　　价：56.00元

目录

CONTENTS

001 中国记协致新闻工作者的慰问信

003 弘扬伟大抗疫精神　履行新闻职责使命
中国记协党组成员、书记处书记　张百新

010 学习贯彻习近平总书记全国抗击新冠肺炎疫情表彰大会重要讲话精神研讨会综述
张垒　吕星

021 “武汉保卫战”一线新闻工作者素描
胡浩　赵文君　郑璐

洗礼篇

030 永远与人民共情
人民日报社　汪晓东

033 在抗疫前线淬炼党报初心
人民日报社　吴姗

037 除夕之夜　挺进“红区”
新华社　熊琦

040 咱们新闻有力量
中央广播电视总台　董倩

044 春天到了，胜利不远了
中央广播电视总台　苏洲

050 见证武汉全民抗疫的动人篇章
光明日报社　晋浩天

053 火线驰援，是一次“成人礼”
光明网　李政葳

055 用话筒记录这个战“疫”的春天
解放军新闻传播中心　孙利

061 既要“沉下来”也要“传出去”
中国日报社　孟哲

064 逆行无悔
中国新闻社　安源

067 用影像和文字去记录这座城市的温暖和希望
中国青年报社　谢宛霏

070 在武汉，走过凛冽寒冬迎来春暖花开
人民公安报社　李昌林

073 难忘 90 天
健康报社　曹政

076 我在武汉，看见了中国人刻在骨子里的坚强
健康时报社　张赫

079 在万家灯火中找寻新闻工作的意义
河北广播电视台　张文敏

082 深入“红区”记录抗疫一线故事
山西广播电视台　梁震

086 见证抗疫斗争壮举　记录一线感人故事
辽宁日报社　姜义双

090 在武汉的第一次流泪
吉林日报社　李晓静

093 永不退缩的战士
黑龙江广播电视台　何晓艺

096 在武汉，有一份“安徽温度”
安徽广播电视台　朱明辉

099 “再让我多待一会儿，多拍一点吧！”
福建省广播影视集团　艾迪

105 “去一线”是记者出发的号令
海南广播电视总台　郭瑶

108 生命中那道光
贵州日报社　刘丹丹

111 武汉一线战“疫”　见证“滇鄂”情深
云南广播电视台　张志军

职责篇

116 在抗疫中擦亮初心
人民日报社　程远州

121 冲锋在前，在最危险的地方书写担当作为
新华社　梁建强

125 用激情和生命践行“四力”
新华社　王毓国

129 湖北分社“80后”的战“疫”故事
新华社　黎昌政

132 除夕夜ICU外的“新年快乐”
中央广播电视总台　赵云飞

136 让阿拉伯网友“黑”转“粉”
中央广播电视总台　王馨

139 记录抗疫一线的“历史底稿”
解放军新闻传播中心　陈国全

144 刚上岗就被投诉，“馨歌”没有放弃
经济日报社　高兴贵

147 “红色预警”下的邻里情
中国新闻社　曾鼐

150 他的故事催人勇敢前行
中国青年报社 雷宇

153 走入抗疫“凡人”内心 书写“逆行”英雄故事
中国文化报社 刘海红

156 记录战“疫”力量 捕捉感动故事
人民铁道报社 李蓉

159 远去的139天
中国人口报社 潘松刚

162 在抗疫炮火中记录生命的瞬间
湖北日报社 柯皓

165 坚守在抗疫战场上
湖北长江日报社 田巧萍

168 增强新闻“四力”，讲好抗疫故事
湖北襄阳广播电视台 王亚雯

171 有一种战士叫记者
北京日报社 贾晓宏

174 这段岁月，让新闻工作者被历史铭记
天津津云新媒体集团 罗骏

176 一次提起十二分谨慎的采访
江西广播电视台 吴萍

179 武汉之行，职责使然
四川日报社 李寰

182 奋战“疫”线，书写新时代媒体担当
宁夏日报社　尚陵彬

187 致敬不平凡的2020年
西藏广播电视台　王鸣阳

189 像勇士一样满怀信心一往无前
青海西海都市报社　周建萍

191 战“疫”中的兵团担当
兵团日报社　陈琼

创新篇

196 一图胜千言：重大突发新闻报道的视觉化呈现
人民日报社　臧春蕾

200 移动慢直播、微视频……都用上了
人民日报社　温腾

202 忠实履行职责　创新报道机制
新华社　刘刚

209 找到自己的突破口
中央广播电视总台　任梦岩

211 在报道中体现党性与人民性的高度统一
光明日报社　章正

216 2020年，他们的笑容点亮武汉
经济日报社　乔申颖

220 愿为电力人打一束光
中国电力报社　朱怡

223 手机记录方舱医院的“单元长”
湖北广播电视台　李莫愁

225 细节更适合新媒体传播
北京广播电视台　陈博

227 疫情战场上的新闻战士
内蒙古日报社　刘春

230 既快又准，对报道要求更高
上海澎湃新闻　魏凡

232 见过凌晨3点的黄石
江苏扬子晚报社　蔡蕴琦

235 武汉抗疫新闻课
浙江天目新闻　王坚颖

238 在“专”字上狠下功夫
山东大众日报社　王凯

241 践行“四力”履行职责　做媒体融合的实践者
山东广播电视台　孔冠军

244 隔空拥抱：用距离感受温度
河南广播电视台　高晨

247 精准聚焦精心创意 凝聚众志成城抗疫力量
湖南日报社 黄晓辉

250 自学的多媒体技术都派上了用场
广东触电新闻 臧穆

252 抗击疫情 践行“四力”
广西广播电视台 李小玲

257 四次采访才挖掘出的故事
重庆上游新闻 罗永攀

260 疫情下的日记
陕西日报社 沙莎

262 以笔为弦奏响众志成城的和声
新疆日报社 晁瑾

266 编后语

中国记协致新闻工作者的慰问信

湖北省武汉市等地发生新型冠状病毒感染的肺炎疫情以来，新闻工作者坚决贯彻习近平总书记重要指示精神和党中央国务院决策部署，不畏艰险、奔赴一线，及时报道疫病信息并普及防治知识，深入报道各级党委政府防控疫情的有力举措，充分反映医疗卫生工作者的不懈努力，全面展示社会各界齐心协力战胜疫病的最新进展，展现了服务大局、服务人民的政治品格，忠于职守、无私奉献的职业精神，顽强拼搏、忘我工作的优良作风。我们谨向奋战在疫情防控新闻报道工作一线的新闻工作者致以诚挚的慰问和崇高的敬意！向正在参与“新春走基层”活动、坚守在新春报道岗位上的同仁们致以亲切的问候！

防控疫情乃当务之急，人民生命重于泰山。主要新闻单位按照统一部署选派精干人员到现场一线采访报道。我们看到，新闻工作者践行增强脚力、眼力、脑力、笔力要求，及时准确、公开透明报道疫情信息，全面准确解读有关政策，把党中央各项决策部署和各地各部门有力措施传播到千家万户。新闻媒体履行职责使命，正确引导舆论，坚决维护社会稳定，传播科学防控知识，增强群众防病意识，把共克时艰、战胜疫情的信心传递到亿万人民。我们期望，一线记者积极配合疫情防控工作，做好科学防护，确保身体健康和采访安全。新闻单位为新闻工作者采访提供坚强保障，对关键时刻敢打硬仗、危难关头挺身而出的记者给予有力呵护。社会各界对新闻工作者开展采访报道工作给予配合帮助。我们坚信，在以习近平同志为核心的党中央坚强领导下，全国人民坚定信心、同舟共济，凝心聚力、众志成城，必定打赢这场疫情防控阻击战！新闻媒体和新闻工作者定会为打胜这场战役提供有力舆论支持、激发强大精神力量！

中华全国新闻工作者协会

2020 年 1 月 27 日

弘扬伟大抗疫精神
履行新闻职责使命

中国记协党组成员、书记处书记　张百新

2020年9月8日，党中央召开全国抗击新冠肺炎疫情表彰大会，习近平总书记向国家勋章和国家荣誉称号获得者颁授勋章奖章并发表重要讲话，其中，新闻战线有54名新闻工作者受到表彰和接见。习近平总书记指出，我们党团结带领全国各族人民，进行了一场惊心动魄的抗疫大战，经受了一场艰苦卓绝的历史大考，付出巨大努力，取得抗击新冠肺炎疫情斗争重大战略成果，创造了人类同疾病斗争史上又一个英勇壮举！他强调，在这场同严重疫情的殊死较量中，中国人民和中华民族以敢于斗争、敢于胜利的大无畏气概，铸就了“生命至上、举国同心、舍生忘死、尊重科学、命运与共”的伟大抗疫精神。习近平总书记的重要讲话全面回顾抗疫斗争的不平凡历程，深刻阐明伟大抗疫精神，系统总结抗疫斗争取得的重要启示，对进一步做好疫情防控和经济社会发展工作提出明确要求，为应对风险挑战、推动各项事业发展提供思想和行动指南。当前，新闻战线要把学习宣传贯彻习近平总书记重要讲话精神、在全社会大力弘扬伟大抗疫精神作为头等大事，用手中的纸笔、镜头讲好中国故事、记录伟大时代，浓墨重彩地彰显中国精神、中国力量、中国担当，使之转化为全面建设社会主义现代化国家、实现中华民族伟大复兴的强大力量，为实现既定奋斗目标注入不竭动力！

面对突如其来的疫情，广大新闻工作者践行增强脚力、眼力、脑力、笔力要求，毅然奔赴抗击疫情主战场，报道疫情最新动态，传播疫情防控知识，书写战“疫”一线感人事迹，记录下无数个惊心动魄的现场，采写出一大批感人肺腑的报道，生动真实地展现了一线医务人员、公安民警、社区工作者、志愿者、基层干部冲锋在前的工作状态，在疫情关键时刻发挥了强信心、暖人心、聚民心的作用。中央领导同志在与抗疫一线媒体记者座谈时，充分肯定新闻工作者是抗疫战士，是抗疫英雄，为疫情防控凝聚起强有力的精神力量，极大地鼓舞了一线士气。

在这场没有硝烟的战争中，新闻工作者是第一批奔赴前线的“逆行者”，在战“疫”一线践行职责使命。在座的很多同志都是战斗英雄中的先锋，是我们新闻队伍中的佼佼者。你们有的放弃春节假期，有的放下年幼的孩子和年迈的父母，主动请缨，拼搏忘我；有的冒着生命风险，与医护人员并肩逆行，记录奋斗者的身影，捕捉暖人心的瞬间；有的敏锐发现短板问题，积极回应社会关切，用建设性监督服务疫情防控工作大局；有的着力创新、推动融合，记录下无数个惊心动魄的现场，采写出一大批感人肺腑的报道。

越是危险越向前！无论是在前线冲锋陷阵，还是在后方坚守把关，都闪耀着新闻工作者动人的身影。广大新闻工作者牢记“人民至上、生命至上”的嘱托，以尽职显担当、置安危于度外，发扬不怕疲劳、连续作战的作风，展现出坚忍不拔的意志和顽强拼搏的精神，展示了强烈的使命担当和对党对人民的深厚感情，在大战中践行初心使命，在大考中交出合格答卷，为坚决打赢疫情防控的人民战争、总体战、阻击战作出了突出贡献。在这里，我谨代表中国记协，向你们表示崇高的敬意和诚挚的慰问！向大家道一声辛苦了！

疫情发生以来，中国记协认真学习贯彻习近平总书记关于疫情防控工作的重要指示精神，按照中央统一部署，积极担当作为，发挥“记者之家”优势，为关键时刻敢打硬仗、危难关头挺身而出的新闻工作者鼓劲加油、提供保障。1 月 27 日大年初三，中国记协向战斗在武汉抗疫一线的新闻工作者发出慰问信，充分肯定新闻战线在疫情防控大战中付出的努力和取得的成绩，动员和激励广大新闻工作者投身战“疫”宣传，为打赢疫情防控阻击战凝聚强大精神力量。联合泰康保险、中邮保险发起一线新闻工作者疫情保险计划，向参与湖北和武汉疫情防控宣传报道的近 4000 名新闻记者和坚守在全球抗疫报道一线的 1216 名我驻外记者捐赠人身保险。多方联系向一线捐赠防护消毒物资，协调泰康集团紧急筹措 1000 套防护物品千方百计运往武汉，不少单位积极响应中国记协援助行动，捐赠防护消毒物资，纾解一线实际困难。及时总结宣传新闻战线和记协组织抗疫成效，向中央专报新闻战线战“疫”情况，全方位展现新闻工作者战斗英姿和重大战果，彰显“记者之家”对抗疫新闻战士们的鼓励支持和关心关爱！

2020 年是极不平凡的一年，我们站在“两个一百年”奋斗目标的历史交汇点上，中华民族千百年来孜孜以求的小康梦想即将变成现实，中国人民即将开启全面建设社会主义现代化国家、实现第二个百年奋斗目标的新征程，这是中国共产党带领全国各族人民近百年持续奋斗创造出的历史奇迹，在实现中华民族伟大复兴的历史进程中具有重要的里程碑意义。在这个重要的历史关口，在这个激动人心的伟大时刻，新闻工作者要围绕中心、服务大局，勇于担当，增强“四力”，为全面建成小康社会、决战脱贫攻坚鼓与呼，写出无愧于时代的名篇佳作，为伟大时代树碑立传，履职尽责，建功立业。借此机会，我提4点个人的希望：

一要坚持旗帜鲜明讲政治的要求，全面加强政治引领。新闻舆论工作首先是政治工作，必须在政治上强起来，在增强“四个意识”、坚定“四个自信”上走在前列、作出表率。增强“四力”，首先就要坚持政治方向、站稳政治立场，增强政治敏锐性和政治鉴别力，始终在政治立场、政治方向、政治原则、政治道路上同以习近平同志为核心的党中央保持高度一致，对党赤胆忠心、全心全意，始终做政治上的明白人、老实人。要深入学习贯彻习近平总书记关于新闻舆论工作的重要论述，牢牢坚持马克思主义新闻观，坚持政治家办报、办刊、办台、办网，把旗帜鲜明讲政治的要求贯穿融入新闻舆论工作的各环节、全过程，真正把政治方向、政治要求体现到新闻采编工作中去。

二要紧密围绕宣传舆论工作主题主线，履行新闻工作职责使命。记录好呈现好决胜全面小康伟大壮举和决战脱贫攻坚伟大成就，是党和国家交给新闻舆论战线的重要使命任务。当前，脱贫攻坚战的冲锋号已经吹响，新闻战线要按照中宣部统一部署，发扬在疫情防控和防汛救灾宣传中锤炼的优良作风，全身心投入到主题采访报道活动中去，充分彰显我们党不忘初心、牢记使命、一诺千金的不懈追求。要重点宣传党中央关于脱贫攻坚的决策部署，反映新时代精准扶贫方略取得的伟大成就，展现我国经济持续健康发展、生态文明建设成效显著，深刻揭示脱贫攻坚伟大成就背后的制度优势，向世界讲好中国减贫生动故事。展现人民群众共建美好家园、共享幸福生活的生动实践。要深入宣传人民民主制度不断完善，基层公共服务水平不断提高，人民群众的积极性和智慧进一步发挥，为过上好日子努力拼搏，在各个行业、各条战线涌现出一大批新时代奋斗者。要及时报道人民群众的所思所想所急所盼，真实呈现干部群众瞄准突出问题和短板弱项，以不获全胜决不收兵的劲头，用双手创造人类减贫奇迹的生动实践，汇聚起坚定信心克难关、同心同德奔小康的强大力量。

三要有效开展舆论引导，统筹做好疫情防控和经济社会发展报道。这场抗疫斗争是对国家治理体系和治理能力的一次集中检验，也是对新闻舆论战线能力水平的一次大考。这段时间，在主流媒体的同频共振、浓墨重彩之下，舆论态势呈现积极正面、众志成城的鲜明特征。同时也要看到，当前的疫情仍在全球蔓延，不稳定不确定因素显著增多，新闻舆论战线要做好继续打硬仗的准备，坚持底线思维、加强统筹谋划，更有针对性地做好宣传引导工作。我们要继续认真、系统、深入宣传阐释习近平总书记关于疫情防控的重要指示批示精神，特别是把学习贯彻习近平总书记在全国抗疫表彰大会上的重要讲话精神放在首位，深入阐释“生命至上、举国同心、舍生忘死、尊重科学、命运与共”的伟大抗疫精神，充分诠释中国共产党执政为民理念，是坚决打赢疫情防控人民战争、总体战、阻击战的强大精神支撑。要为人民放歌，为英雄立传，充分展现广大人民群众生死较量不畏惧、千难万险不退缩，生动刻画各条战线的抗疫勇士临危不惧、视死如归，满腔热忱地书写当代中国人民的精神风貌和可歌可泣、荡气回肠的壮丽篇章。要统筹疫情防控宣传和经济形势等重大宣传，统筹网上网下、国内国际、大事小事，及时报道各地区各部门毫不放松抓好常态化疫情防控，构建疫情防控和经济社会发展工作中长期协调机制，引导全社会增强完成今年经济社会发展目标任务的信心，奋力夺取疫情防控和经济社会发展双胜利。

四要坚持适应新时代新形势的发展，大力推进融合创新。紧跟时代步伐、贴近时代要求，在坚守正道中增强“四力”，在改革创新中提升“四力”，是摆在每个新闻工作者面前的机遇和挑战。2020年6月30日，习近平总书记主持召开中央全面深化改革委员会第十四会次，会议审议通过了《关于加快推进媒体深度融合发展的指导意见》，为媒体融合向纵深发展指明了新方向。我们要切实提高工作的创造性和创新性，保持思想的敏锐性和开放度，提升融合意识、受众意识、创新意识，加快构建网上网下一体、内宣外宣联动的主流舆论格局，建立以内容建设为根本、先进技术为支撑、创新管理为保障的全媒体传播体系，牢牢占据舆论引导、思想引领、文化传承、服务人民的传播制高点。特别是，要把做好抗击疫情和脱贫攻坚宣传报道作为检验媒体融合发展成效的“练兵场”“竞技台”，传统媒体和新媒体报道一同策划、一同部署、一同推进，把精兵强将投入网络宣传主阵地，准确把握网络传播特点，把握好时度效，共同构建网上网下同心圆，更好凝聚社会共识。

在全社会大力弘扬伟大抗疫精神，新闻舆论战线责任重大、使命光荣。让我们更加紧密地团结在以习近平同志为核心的党中央周围，全力把习近平总书记亲自指挥伟大抗疫斗争的一系列重要指示与行动宣传好，把全国人民抗击疫情的故事讲述好，挥毫书写展现中国精神、中国力量、中国担当的时代画卷，为实现中华民族伟大复兴、开启全面建设社会主义现代化国家新征程贡献智慧和力量！

（根据张百新同志2020年9月22日在新闻战线“增强‘四力’决胜小康”优秀新闻工作者调研培训活动动员会上的讲话整理）

学习贯彻习近平总书记全国抗击新冠肺炎疫情表彰大会重要讲话精神研讨会综述

张垒　吕星

2020年9月25日，由中国记协国内部和新华社《中国记者》杂志社共同主办的“学习贯彻习近平总书记全国抗击新冠肺炎疫情表彰大会重要讲话精神研讨会”在宁夏银川举行。中国记协党组成员、书记处书记张百新对研讨会提出要求，强调要把学习宣传贯彻习近平总书记重要讲话精神、在全社会大力弘扬伟大抗疫精神作为大事来抓，用手中的纸笔和镜头讲好中国故事、记录伟大时代，浓墨重彩地彰显中国精神、中国力量、中国担当，使之转化为全面建设社会主义现代化国家、实现中华民族伟大复兴的强大力量。获得表彰的全国抗疫先进个人和先进集体代表、在抗疫和防汛救灾报道中表现优秀的新闻工作者和长期从事夜班工作的采编骨干等参加研讨。

与会同志认为，习近平总书记的讲话高瞻远瞩、内涵丰富，饱含深情、催人奋进，向全党全国人民发出了决胜新时代伟大斗争的有力号召，向全世界传递了战胜新冠肺炎疫情的坚定信心，具有很强的政治性、思想性、指导性、针对性。习近平总书记在讲话中代表党中央、国务院、中央军委，对包括新闻工作者在内的各条战线为抗击疫情作出突出贡献的英雄们致以崇高敬意，体现了党和国家对新闻工作者的关心和新闻宣传工作的肯定。深入学习贯彻习近平总书记在表彰大会上重要讲话精神，对于指导我们总结抗疫报道，掌握互联网环境下新闻传播规律，增强采编业务能力，改进和完善突发事件报道流程，激励我们深入践行“四力”、奋发有为，打造一支政治过硬、业务过硬、战斗力过硬的新闻队伍，具有重要意义。

弘扬抗疫精神
为英雄点赞　为祖国自豪

习近平总书记在全国抗击新冠肺炎疫情表彰大会上的重要讲话深刻阐明伟大抗疫精神，系统总结抗疫斗争取得的重要启示。新闻工作者要认真学习贯彻习近平总书记重要讲话精神，深入阐释生命至上、举国同心、舍生忘死、尊重科学、命运与共的伟大抗疫精神，充分诠释中国共产党坚持执政为民的执政理念。

新华社总编室副主任刘刚作为全国抗疫先进集体代表在北京人民大会堂参加了表彰大会，他用“为英雄点赞，为祖国自豪”概括自己的感受。他说：“世上没有从天而降的英雄，只有挺身而出的凡人。”习近平总书记的讲话深刻而打动人心。全国人民都为“热干面加油！”大家都说，“全中国等你痊愈，我们相约春天赏樱花”。这些熟悉的话语，把大家带回武汉抗疫时的场景，人民大会堂里一次次响起雷鸣般的掌声，是共鸣、是党心民心心心相印的写照。同样被伟大的抗疫精神感动着的还有全国抗疫先进个人、人民日报社湖北分社记者程远州。他在专程为研讨会提供的文字发言中提道：“我在对湖北保卫战、武汉保卫战采访报道时，就深刻体会到我们党执政为民的一片赤诚和始终把人民生命安全和身体健康放在第一位的坚持，也深深感动于举国同心、万众一心携手抗疫的团结伟力，更为遍地英雄视死如归的场景而感叹，为中西医结合不断完善救治方案而振奋，为积极开展国际救援的大国担当而自豪。艰难困苦，玉汝于成。我坚信，伟大的抗疫精神必将成为我们民族精神和时代精神中的坚实部分，成为中华民族伟大复兴的强大力量。”中央广播电视总台英语环球节目中心记者陶源在研讨会上分享了她在武汉的 73 天里拍摄纪录片时的感悟。在武汉红十字会医院，陶源跟着医生护士一起上班，最打动她的就是生命的奇迹。陶源说：“习近平总书记总结的伟大抗疫精神中，排在第一位的就是生命至上。只有中国，病人哪怕有 0.1% 的希望就用 100% 的力量去挽救，创造了生命的奇迹。”陶源和同事每天都要做很多场外媒连线，她说，作为一名新闻工作者，能够向世界展现真实的抗疫故事和抗疫精神，“很有自豪感”。全国抗疫先进个人、宁夏日报报业集团全媒体时政新闻频道记者尚陵彬对“举国同心”“命运与共”有着深刻的理解。尚陵彬说：“面对疫情，没有个人英雄主义，只有并肩作战的勇士们。”回顾这场战“疫”报道，最令她感动的是同事和“战友”：“每个人都是记录者参与者。我在整个战‘疫’中，是先遣部队，是新闻特种兵，取得一手新闻素材，交给后方共同做出了这些新闻产品。每一篇报道，都是集体智慧的结晶。”中国妇女报社记者徐旭讲述了一位志愿者的故事，这位微信名为“马恩恩”的志愿者在公交车停摆时为记者提供用车方便。不幸的是，他母亲也出现疑似感染的症状。在病毒肆虐的战场，“马恩恩”和他母亲成为令徐旭最揪心的人。她一直关注着这位母亲被收治并痊愈的艰辛过程。徐旭说：“作为记者，虽然我不能治病救人，但是，我们发出的报道能给许多像‘马恩恩’一样的人信心、温暖、鼓舞。我想，这就是‘怕，还要出发’的意义所在。”

突出新闻“显政” 抓好主题主线

举旗帜、聚民心、育新人、兴文化、展形象是党的新闻工作者的使命任务。1月25日，农历正月初一，习近平总书记在中央政治局常委会会议上发表重要讲话，中央对新闻宣传工作提出明确要求：“强化显政，坚定战胜疫情信心。”主流媒体宣传贯彻习近平总书记指示精神，紧紧围绕“总要求”“总目标”等组织策划报道，既深入反映中央应对疫情工作领导小组部署，做好中央指导组重要活动报道，体现各级党委政府行动和措施，又积极反映群众的呼声和力量，塑造典型人物、弘扬典型经验，凝聚起战胜疫情的信心和力量。

新华社武汉前方报道指挥部把对中央指导组的活动报道放在重要位置，加强对专家学者的采访力度，紧扣疫情防控的主要矛盾和主要任务，把充分反映4.2万余名医护人员驰援，反映“停不得”企业的坚守和复工复产情况等作为报道策划的重点。广大医护工作者、解放军、公安民警、疾控人员、社区工作者、志愿者、建筑工人和患者等都是重要报道对象。据不完全统计，新华社在“一线抗疫群英谱”等栏目中报道的医护工作者超过600人，社区工作者（含下沉干部）、公安民警、志愿者等也分别在100人上下，推出了张定宇、刘智明等先进人物事迹，也在抗疫史上留下“雨衣妹妹”、阿念等凡人善举的动人故事。人民日报坚持突出主题主线，加强重点策划，深入做好习近平总书记重要讲话、重要指示批示精神和党中央决策部署的宣传阐释。在抗疫报道中，人民日报首次以平均每天一篇的节奏连续推出90多篇解读习近平总书记重要指示、阐释党中央决策部署的评论员文章，有效发挥了引领舆论、鼓舞人心的重要作用。全国抗疫先进个人、澎湃新闻视频调查部记者魏凡回忆，他记忆最深刻的场景，就是第一次进入专门收治危重患者的武汉肺科医院ICU病房：偌大的病房，每位患者都处于昏迷状态，几乎每人都做了插管手术，身上密密麻麻连接着各类医疗器械。在仪器运行声中，医护人员时刻警觉，一听到警报，就立刻冲上前。原有的采访计划用不上了，魏凡决定真实记录下这里的一切。9分钟的视频稿件《在武汉丨重症ICU里的生死直击》，让人们看到了最凶险的救治一线，引起网友热议。魏凡对此深有感触：“褒扬疫情中出现的典型人物、弘扬典型经验，对鼓舞士气、战胜疫情有着积极意义。新闻报道的一个重要作用，就在于传递现场、启迪读者。”全国抗疫先进个人、湖北襄阳广播电视台新闻综合频道首席记者王亚雯说，这次抗疫报道，她感受最深的是典型人物宣传：“只有把镜头对准奋战在抗疫一线的逆行者，带着真挚的情感用心记录，才能用他们的凡人善举，感动一座城，感动城里的人。”最美逆行者、最美守护者、最美志愿者，抗疫夫妻、抗疫母子、抗疫家庭……襄阳广播电视台一共完成了257个有血有肉的身边典型的报道。王亚雯很感慨：“在重大灾难来临时，我们必须注重典型人物的挖掘，凝聚正能量，这样才有战胜灾难的勇气和力量。”湖北广播电视台湖北之声记者冯超认为，在战“疫”报道中，媒体的价值并不在于仅仅通报消息，而是要把共克时艰、战胜疫情的信心传递到每个人的心里。冯超报道过一名志愿者的故事，这名志愿者每天早上处理完家务后就去帮社区里的20多位老人买药，然后再去帮忙运菜。为了不让老人心生恐惧，每次给老人送药时，他都会戴上各种可爱的卡通头套。报道播发后，很多人留言表达感动，要求去社区做志愿者的报名人数也增加了许多。

及时回应关切　彰显人文关怀

疫情报道面临的形势极为错综复杂，疫情、舆情、社情相互交织、此起彼伏，一些敌对势力也借机兴风作浪。新闻工作者一方面积极主动回应社会关切，对群众深恶痛绝的问题，用建设性监督服务疫情防控工作大局；另一方面彰显人文关怀，换位思考，用更有温度的报道积极引导舆论。

“新华视点”是新华社知名的舆论监督类栏目。依托这一栏目，新华社前方记者吃透中央精神，主动回应社会热点。比如，“数据”既是判断新冠肺炎疫情走势的依据，又是发现问题的线索。围绕疫情数据，新华社进行系列调研采访，一“盯”到底，播发《武汉数百新增确诊病例从哪里来？》《对武汉一例无症状感染者的追踪》《武汉累计治愈出院 3 万多人，后续如何管理和监测？》《湖北多地新增确诊病例归零，该怎么看？》等系列报道。按要求，新华社武汉前指还为中央指导组提供反映群众需求和呼声的信息 130 多条，反映工作漏洞、风险隐患 10 余起，克服困难完成中央指导组交办的多项调查采访任务，受到中央指导组表扬。人民日报则在 2 月 5 日按要求推出征集“四类人员”求助信息网络通道，一时间，求助信息如潮水般汇聚，最多的一天收集到 1.2 万条信息，累计收集有效信息超过 4.2 万条。人民日报前方报道组每天把求助信息直报中央指导组宣传组，危重患者求助信息即收即报，没有一例延误，最多的一天给宣传组报送 30 多次。信息征集平台的开通，直接让数以千计的患者得到及时收治，贯穿了人民日报抗疫报道的全过程。中央指导组称这项工作为疫情防控“发挥了特殊作用，作出了历史性贡献”。全国抗疫先进个人、经济日报社新媒体传播部编辑二室主任乔申颖感悟到，只有“换位思考才能找准位置”。回顾在武汉的采访，她发现自己得到认可的稿件，大多都得益于站在记者和采访对象双方立场上来思考。乔申颖从闲聊中得到线索，制作的视频《生日快乐呀，志愿者小哥哥》播发后在当地志愿者组织里引起了很好的反响，被认为是志愿者报道中“最有温度的一篇”。而其中的“温度”就在于稿件中有了“生日”这个元素。多彩贵州网时政新闻部编辑吴蔚在报道中体会最深的是“共情”。方舱休舱，医护人员首次摘下了口罩。吴蔚用这一“碎片化”细节展现了医护人员背后的付出和艰辛，首发的《休舱后天使摘下口罩，你一定要记住这些笑脸》点燃了舆论场。医护人员返程时，吴蔚被感人的场面深深触动，创作了“为每个战‘疫’者而写”的歌曲《世间美好》，也激起了受众共鸣。浙江卫视新闻中心融媒体记者周家齐也认为，要从受访者细微的情绪点切入，记录下那些上升和下降的数字背后的故事，才能更好地为大时代下的平凡人画像。浙江卫视把镜头转向医护人员工作后的日常状态，比如医疗队的队员提前一天过了情人节，“90后”护士脱下防护服后“嬉皮笑脸”地说着疫情后想吃肯德基、想喝星巴克、想见朋友、想谈恋爱甚至还想买个房子；以及英雄爸爸居然也会流泪，痊愈的大伯念叨着以后一定要去杭州找这群医生喝酒；等等。

践行“四力”要求　改进报道形式

面对突如其来的疫情，广大新闻工作者践行增强脚力、眼力、脑力、笔力要求，毅然奔赴抗击疫情主战场，采写出一大批感人肺腑的报道，在疫情关键时刻发挥了强信心、暖人心、聚民心的作用。中央领导同志在与抗疫一线媒体记者座谈时，充分肯定新闻工作者是抗疫战士，是抗疫英雄，为疫情防控凝聚起强有力的精神力量。

新华社总编室编辑吴箫剑1月下旬正在黄冈老家休假，闻讯赶到新华社武汉前指后，吴箫剑发现，除了湖北分社的同事始终坚守岗位之外，第一批增援的总社记者也已马不停蹄地工作了一周。同事们面对灾难时不惧危险、挺身而出的无畏气概和敢打硬仗、能打胜仗的顽强作风给他带来强烈震撼。报道中，吴箫剑深刻体会到，真实情况往往是复杂的，宣泄情绪容易，做好自己的事情解决问题最难："在复杂形势中不轻易被情绪绑架，始终把握大局、明辨是非、守住底线既是我们作为新闻工作者的职责使命，也是我们顺利度过每一个大考的关键所在。"作为后方编辑，人民日报社总编室编辑臧春蕾用策划、版面、选题，与前方记者并肩战斗。人民日报自春节假期结束后的第一个工作日即2月3日起，每周推出6期整版"来自疫情防控一线的报道"系列图片专刊。截至9月30日，视觉专版已经刊发115期，将人们关心的诸如驰援武汉、物资供应、党员示范、基层防护等热点话题分类刊发，在强调时间新、内容新、视角新的同时，又注重发挥组照报道"深"的优势，多侧面集中阐述同一个主题，每幅图片既能独立成为一篇图片报道，又能通过同一版面多幅图片的逻辑组合，强化报道深度，引发受众共鸣。中国青年报社总编室编辑王一迪介绍，中国青年报致力于挖掘一线的青年人和青年事，集中报道青年突击队和志愿者，展现他们身上的故事。中青报还联合多家单位制作抗疫歌曲《最美的温暖》，结合疫情热点制作一系列疫情防控动画，通过形式创新提高报道对年轻受众的吸引力。全国抗疫先进个人、山东广播电视台融媒体中心聚合新闻部主任孔冠军在黄冈采访期间，每天都要从驻地酒店到医院多次往返：“在医院、在病房，我们用眼睛捕捉、用摄像机记录；回到酒店就思考、商量、写作，眼力、脑力和笔力正是在这个过程中逐渐炼成的。”孔冠军在这个过程还经历了多个“第一次”：第一次出镜，第一次电视直播连线，在同事眼里，他也从开始时的“确实挺小白”到后来“越来越有专业范儿”。全国抗疫先进个人、辽宁日报社驻铁岭记者站站长姜义双认为，践行“四力”就是要把履职尽责摆在第一位。接到任务后，要提前介入，有目的采访，这样才能起到事半功倍的效果。在去武汉的飞机上，他就留意提前认识身边的医护人员，这些新朋友给他后期采访提供了很大帮助。同时，也要进一步加强对新媒体的认识，既快速发布，也要保证报道的全面性和辩证性。湖南日报社新媒体中心编委黄晓辉重点介绍了新湖南客户端用“新闻照片＋创意设计”的形式，先后推出的20多期战“疫”系列主题创意海报产品。系列海报产品创意新颖别致、主题入木三分、设计醒目生动、风格明快有力、情绪饱满温暖，激发凝聚众志成城抗疫力量。

创新体制机制　推动深度融合

新冠肺炎疫情的报道，既是突发事件新闻，又是灾难新闻，为创新体制机制、推动深度融合提供了练兵场。

为了应对疫情报道面对的复杂情况，新华社武汉前指根据《新华社突发公共事件新闻报道应急预案》创新采编流程，建立起统一指挥、高效运转、灵活多变的战时报道机制：一是每天召开策划会抓重点、排热点、解难点。通过每天的视频汇报会、专题策划会等与总社各编辑部保持沟通，做到一体行动、令行禁止。以品牌栏目为抓手，强化融合报道，围绕“新华全媒头条”“新华视点”“习近平总书记关切事”等新华社重点融媒体品牌栏目组织全媒体报道。二是围绕战时采编流程创新，建立24小时新媒体报道响应机制，坚持移动端优先原则，前后方无缝对接，在遇重大新闻时以海报快讯等形式拼抢时效，权威信息第一时间编发新媒体报道。三是加强采集端整合，将湖北分社和来自总社11个部门、4个其他国内分社的增援记者组建成文字、摄影、音视频、新媒体相互协同的全媒体采访组，依据采访主题调度人力，同时还根据情况专门组建英文融媒体组。北京编辑部有上千名编辑对接武汉，在前后方的共同努力下，新华社武汉前指播发各类稿件超过1万条（张），发稿实现零差错、零改稿，单篇稿件媒体最高采用超过8200家次，浏览量过亿次的融媒体产品有10余组。河北广播电视台融媒体新闻中心编辑薛新惠介绍，河北广播电视台为做好突发事件宣传报道，提前制定了宣传报道工作应急预案，成立突发事件宣传报道工作应急领导小组，统一指挥突发事件宣传报道工作。预案一经启动，局、台及新闻中心突发事件应急宣传报道领导小组成员在30分钟内迅速到岗，在台领导小组统一指挥下，组织进行应急宣传报道工作。实行24小时宣传值班制度，接到重大突发事件电话后，记者向主管领导汇报后，第一时间赶赴现场，进行采访、拍摄。在内容呈现上，充分发挥融媒体新闻中心编委会作为指挥中枢的作用，中心编委会第一时间召集各部门、各栏目召开策划会，全面安排部署宣传报道工作。全国抗疫先进个人、重庆华龙网融媒体新闻中心记者周盈则对各媒体间的协作报道机制深有感触。在抗疫报道过程中，湖北长江云建立了一个互助群，各网络媒体会把自己比较得意的作品放进互助群中分享。同时，不同省市间也会共同开展联动直播，从而形成了报道合力，有力缓解了各媒体普遍面临的前方报道力量不足的难题。

（《中国记者》2020 年第 11 期）

不畏艰险，深入一线

“武汉保卫战”一线新闻工作者素描

胡浩　赵文君　郑璐

这是一场突如其来的阻击战、总体战。新冠肺炎疫情来势汹汹，传播速度之快、感染范围之广、防控难度之大前所未有。

这是一场没有硝烟的战争。为坚决贯彻习近平总书记重要指示批示，根据中宣部的部署，广大新闻工作者不畏艰险、深入一线，奔赴抗击疫情主战场。

宣传党中央重大决策部署，践行增强脚力、眼力、脑力、笔力要求，报道疫情最新动态，传播疫情防控知识，书写抗疫一线感人事迹，营造强信心、暖人心、聚民心、筑同心的舆论氛围，新闻战士始终与人民群众同呼吸共命运。

到战火中去记录生死之疫

“如果你的报道不够好，那是因为你离现场不够近”，这是许多记者的座右铭。

“作为一名新华社‘老兵’，我再次回到‘战场’。”新华社记者王毓国18年前曾深入阿富汗反恐战场采访。如今，面对这场没有硝烟的战役，他和他的战友，从北京奔赴武汉。除夕之夜，新华社记者熊琦进入武汉中南医院重症隔离病房采访，最早发回《重症隔离病房里的除夕夜》等现场报道。

2020年1月20日，新华社启动应急报道响应机制，随后成立武汉前方报道指挥部，平均每天播发各类稿件200多条，推出了《党旗，高高飘扬在防控疫情斗争第一线》《将战“疫”进行到底——写在武汉疫情防控的关键阶段》《英雄的城市，英雄的人民》《托举生命的方舟——方舱医院建设记》等一批“镇版刷屏”之作，鼓舞奋战在抗疫一线的万千英雄向前，向前，再向前！

“在国家需要的时候，我们就应该冲锋在前。”中国摄影家协会主席、人民日报社记者李舸率领的赴湖北抗击疫情摄影小分队，协调在抗击疫情一线的骨干摄影力量，分赴各家医院，为全国驰援湖北的4.2万多名一线医务人员每人留下一幅战“疫”肖像。

疫情无情，人间有爱。

除夕之夜，2020年央视春节联欢晚会史无前例地未经彩排增加节目《爱是桥梁》。这一节目开始时的视频内容，正是中央广播电视总台记者蒋晓平和他的同事们在武汉市金银潭医院持续蹲守采访而得。担心他安危的妻子在朋友圈中写道：“明知前方有病魔的威胁，你依然选择逆向而行，并不是不知那里有危险，只是职责所在，所以义无反顾。”

阻击疫情的战场上，疫情就是命令，一批批新闻战士闻令而动，毅然逆行，不畏生死，冲锋陷阵，践行“四力”。

中央军委政治工作部第一时间抽组前方宣传报道分队，解放军新闻传播中心先后派出3批次24名记者，解放军文化艺术中心派出摄影力量。解放军报社摄影记者王传顺已在武汉奋战一个多月，5次深入最危险的“红区”。他的同事高立英是报道分队唯一的女记者，除夕当天才回到石家庄家里，她主动请战，大年初一中午即赶赴武汉。解放军新闻传播中心广电部记者樊斌和战友们连续奋战，精心采制230余条现场报道。

经济日报社记者瞿长福曾多次参加急难险重采访，是中央媒体战“疫”队伍中年龄较长的记者。他紧急受命带领团队奔赴武汉，带头到医院、菜场、社区、企业采访，推出了《来自战“疫”一线的纪实报道》《英雄的城市，英雄的人民特别报道》等系列主题全媒体作品。

“我是记者，我是党员，长期跑卫生战线，情况我最熟，最危险的地方，我上！”1月21日，湖北广播电视台记者谢珍和同事一起前往武汉同济医院发热门诊，成为第一批进入定点医院采访的记者之一。

1月23日，澎湃新闻记者魏凡第一次穿上防护服，走进荆州胸科医院重症隔离区，与患者面对面交流；1月28日，中国妇女报社记者徐旭从北京抵达武汉，倾听女医生张继先讲述及时上报疫情、团队“零感染”的抗疫故事；2月5日，南方都市报社记者钟锐钧与同事从广州出发赶赴武汉，此后他们蹲守汉口医院隔离病房，抢拍一个个感人的真实瞬间……

全力以赴、尽锐出战，根据中宣部的统一部署，按照中央指导组的统一安排，400多名来自全国各地的记者深入湖北和武汉一线，与当地媒体同仁并肩战斗，同湖北人民、武汉人民并肩作战，同舟共济，在抗击疫情中书写责任担当。

到群众中去传递显政共识

疫情防控阻击战，也是一场舆论战、信心战、信息战。恐惧、谣言和污名化往往比病毒本身更可怕，战胜疫情需要科学、理性和团结。

在抗疫一线，新闻工作者坚持新闻报道服务于防疫大局的原则，以笔为枪、抗疫为民，传递信息、展示真相，驳斥谣言、澄清谬误，为提升群众防控意识、凝聚疫情防控共识、稳定民心激发力量发挥了不可替代的作用。

在离汉通道关闭后，网络上一度盛传武汉市民生活陷入困境。人民日报社记者程远州和同事走上街头，走进超市、加油站、地铁等公共场所，写出《直击：离汉通道关闭第一天》，澄清不实传言；针对公众对疫情的恐慌，采访多家医院医护人员，报道治愈出院患者和医护人员的一线认知，传递理性科学的信息，为抗疫打气。

农村地区的疫情防控工作一度较为薄弱。新华社记者徐海波在1月22日采写《疫情防控别把农村漏了》予以呼吁。一周后，他踏上下乡路，深入六七个县市的乡镇村庄，到卫生院和病患家中了解情况，反映民声。

从1月26日起，中央广播电视总台《焦点访谈》持续聚焦抗击新冠肺炎疫情话题，凸显了主流媒体的传播力、引导力、影响力、公信力。从2月11日起,《新闻联播》推出专栏“一线抗疫群英谱”，截至3月5日，已经连续播出24期节目，讲述了来自医疗救治一线、基层社区、一线公安干警、志愿者等多个奋战在抗击疫情第一线的普通人的故事，展示“平民英雄”的精神力量。

报道最真实的信息，供抗疫决策参考，是媒体职责的一部分。在中央指导组的统一部署下，中央在湖北媒体和部分湖北媒体深入武汉三镇街道、社区、小区进行摸排，急群众之所急、解群众之所忧，深入调查武汉市未收治隔离的“四类人员”情况，人民日报建立专门的网络平台，广泛征集新冠肺炎求助者信息。同时利用各种渠道协助征集有关线索，了解分类集中收治隔离工作的落实进展，推动解决应收尽收工作中存在的问题。

2 月 9 日半夜，环球时报记者崔萌和同事在跟踪采访一名社区转运新冠肺炎重症患者的过程中，发现由于工作滞后、衔接无序、组织混乱等问题，数十名患者无法得到妥善安置。崔萌和同事迅速向上级反映情况。当夜，中央指导组立即安排，予以妥善解决。次日，中央指导组对事件责任人进行了约谈问责。

现代快报记者熊平平和顾炜到社区调查前，做了大量功课，找到该社区一些患者信息一一核实，深入社区与基层工作人员面对面细聊，结果发现仅这一个社区就有许多“四类人员”尚未得到收治或隔离，并且拿到了所有名单。

黄冈市卫生健康委主任“一问三不知”、武汉市红十字会物资分配存疑、爱心捐赠渠道不畅……媒体的报道不仅推动了问题的迅速解决，彰显要“急群众之所急，解群众之所忧”的导向，更体现出中央对于抗击疫情的决心和对不作为的零容忍态度。

到平凡中去展现英雄时代

在全社会激发正能量、弘扬真善美，对于打赢疫情防控阻击战至关重要。

围绕武汉市等疫情严重地区的“防”“供”“治”“安”“暖”等方面工作，中央和湖北主要媒体统一开设“一线抗疫群英谱”“英雄的城市　英雄的人民”“一方有难　八方支援”“应收尽收　刻不容缓”四大栏目，深入宣传党中央决策部署、对湖北和武汉疫情防控的关心重视，宣传一线医务人员、公安民警、社区工作者、志愿者、基层干部的感人事迹，展现全国各地支援湖北和武汉的情况，展现全国人民团结一心、同舟共济的精神风貌。

人民日报社记者李昌禹在采访过程中，与武汉市江岸区新村街道为群社区副主任刘娟成了好朋友。在武汉的这段时间，李昌禹每天跑医院、进社区，采写的一线人物报道《我的兄弟在战斗，我要回去！——一位武汉医生的千里逆行》《第一道防线，守住！》等报道，生动、真实地反映了抗疫一线医护人员和社区工作人员冲锋在前的工作状态。

“我能做的便是用镜头去感知这座城市的脉搏，用文字去书写这些人的冷暖。”中国青年报记者鲁冲前后五次去到武昌方舱医院，从 2 月 4 日凌晨开始建设，到收治首批病患，再到康复患者出院……鲁冲见证了生命的“方舟”点燃希望的灯火。

不久前，一张李兰娟院士脸上深深压痕的照片刷屏网络。这张照片，正出自中新社记者安源之手。李兰娟院士从医院重症病房出来后脱下防护服时，疲惫的她下意识地露出了微笑，面部的压痕清晰可见。安源敏锐地意识到，在疫情防控最吃劲的关键节点，李院士作为高级别的专家之一，她的笑容意味着信心和胜利，于是连忙举起相机，抓拍了这个动人的珍贵瞬间。

临危受命组建的“强强组合”，成为长江日报此次战“疫”报道中的黄金搭档。43 岁的史强和 50 岁的金振强第一个合作作品，是见证武汉 120 急救车转运患者。从 1 月 29 日接到任务开始，两人 24 小时跟随 120 急救车，多次见证入户转运重症患者。他们跟随一线急救人员一起，进入重症患者家中，近距离记录、拍摄急救人员工作环境和履职状态及救治患者的情况，真实反映 120 急救人员的内心世界和职业坚守。

自 1 月 29 日起，光明日报先后派出 4 批共 15 名记者，奔赴武汉一线进行采访报道。他们发稿始终共用一个团队的名字：光明日报武汉一线报道组。报道组打造报告文学特色品牌，《那些匆匆而过的人本来如此平常》《那些凝聚起来的力量》《全力救治新冠肺炎重症、危重症患者——决战 ICU》等报道，把抗击疫情中的中国故事讲得生动感人，增强正面宣传的可读性、吸引力。

从影像日记“这七天，他们都经历了什么？”，到短视频“钟南山示范如何摘口罩”；从发布武汉观察 Vlog，到上线疫情地图；从发起为最美逆行者亮灯加油的公益活动，到设立信息辟谣专栏，各家新闻单位创新方式方法，充分发挥新媒体平台传播作用，不断提升网上传播能力，将疫情防控最新消息、一线感人故事、疫情防控小贴士等，制作成图文、短视频、H5 等作品，被广泛传播。

抗击疫情的战斗仍在继续。

当前，湖北和武汉疫情防控任务依然艰巨繁重。一线新闻工作者正发扬连续作战的精神，及时报道权威信息，把镜头对准一线、把笔端触及基层，为打赢“武汉保卫战”提供有力舆论支持。

（新华社武汉 2020 年 3 月 6 日电）

「洗礼篇」

永远与人民共情

人民日报社　汪晓东

在抗击疫情的战场上，有一群特殊的战士——驰援武汉的445名新闻工作者。疫情发生后，他们主动请缨、奔赴一线，与湖北和武汉媒体同行并肩作战，一次次深入医院、方舱、重症监护病房，舍生忘死记录下无数个惊心动魄的现场，采写出一大批感人肺腑的报道，充分发挥了强信心、暖人心、聚民心的重要作用。他们是一群英勇的记者，也是一群无畏的战士。

在和平年代，冒着生命危险采访，这样的经历对记者来说非比寻常。在经历生与死的考验之后，大家对于新闻舆论工作，对于记者这项职业，无疑有了更多更深的体会和思考。

问过一位多次深入重症监护病房采访的“90后”同事怕不怕，他说“上了战场就忘记了害怕”。采访过武汉金银潭医院院长张定宇的一位同行说，从这位患渐冻症的硬汉身上“看到了英雄的模样”。和众多摄影师一起为4.2万多名驰援湖北的医护人员拍摄肖像的同事说，4.2万多次拍摄，4.2万多次感动，眼泪一次次打湿了口罩……

每一天，记者们都在见证、记录和讲述这场史无前例的战役，而这个战场以及战场上的所有人，也给了记者们太多的感动和感悟，这是一笔宝贵的人生财富，也会照亮今后的人生道路。

习近平总书记指出，不断增强脚力、眼力、脑力、笔力，努力打造一支政治过硬、本领高强、求实创新、能打胜仗的宣传思想工作队伍。抗击疫情的战场，正是增强“四力”的实战课堂。

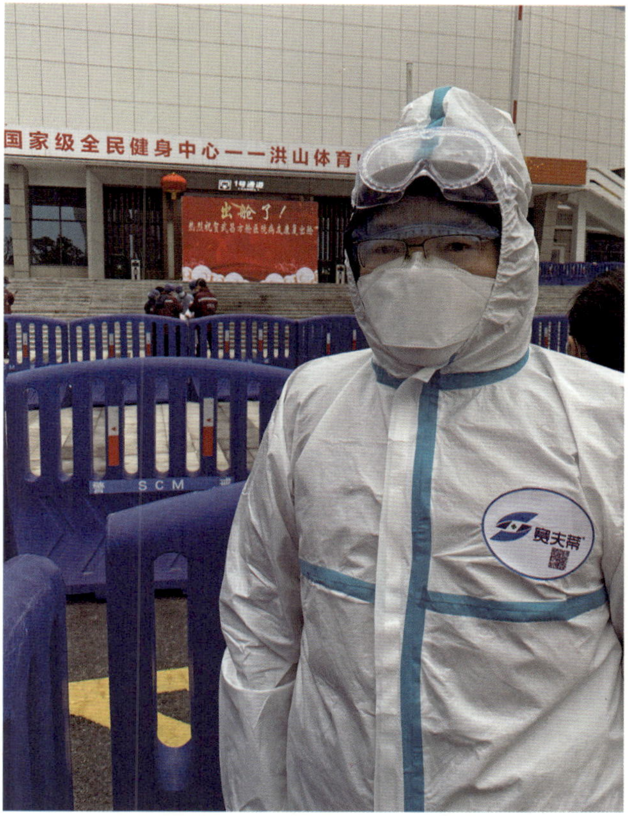

人民日报社记者汪晓东在红山体育中心方舱医院采访

在抗疫报道中，有项工作特别引人关注：在疫情暴发、整个武汉医院“一床难求”的危急时刻，前方记者一起行动，帮忙收集“四类人员”（确诊患者、疑似患者、密切接触者和无法排除感染可能的发热患者）信息。有关方面及时批转湖北省和武汉市，要求迅速核实解决。人民日报为此发起全媒体行动，通过网络平台广泛征集求助信息。求助平台推出之后很快刷屏，每天收集到大量的求助信息和问题线索。也正是这样一个求助平台，开辟了生命救援的绿色通道，助力查清“四类人员”信息，有力推动了“应收尽收，刻不容缓”落实落地，数千名患者得到了及时救治。

在抗击疫情的战场上，所有人都是战士，是战士就要冲锋，就要救人，新闻工作者也不例外。提供一条有效的求助信息，就能挽救一条生命，其意义和价值是任何一篇报道都无法比拟的。开通这个网络求助平台，是全媒体时代新闻舆论工作的一个创举，凸显了新闻舆论工作的职责使命，为其赋予了更多内涵。

“太及时了！”“功德无量的大好事！”“这就是一条生命通道！”……很多网民这样留言。“得知求助的患者顺利入院的消息，比什么都高兴。这个时候，救命比什么都重要！”前方同事这样说。一位参与收集求助信息的同事说：“他们是陌生人，但也是我们的亲人！”无论什么时候，我们都要秉持这样一种对人民群众的真挚感情。

疫情防控是一场大战，也是一场大考。对新闻工作者来说，这场大考考出了什么？它考出了政治素质，考出了业务水平，也考出了与人民群众的感情；考出了传播力，考出了战斗力，也考出了与人民群众的共情力！

上连党心，下接民心——作为新闻工作者，就要始终当好党和政府与人民群众的桥梁和纽带。

人民至上，生命至上——作为新闻工作者，就要始终把人民放在心中最高位置。

在抗疫的主战场践行“四力”，这是一次弥足珍贵的经历；永远与人民共情，这是新闻工作者一生的坚守。

在抗疫前线淬炼党报初心

人民日报社　吴姗

照片中这身衣服，是我在武汉80天抗疫报道中穿得最多的一件。重新穿上它，就会想起我的前线经历和3次印象深刻的落泪。

2020年2月18日，武昌医院院长刘智明走了，成了首位因感染新冠肺炎倒在抗疫一线的院长。

从医院出来，我多方追溯刘智明院长生前经历，一边在武昌医院实地采访，一边联系其亲友。很多人一开口就哽咽了，我只能握住他们的手，在心底默念："一定要写好！"

他的一位挚友因太过悲痛，多次婉拒了我的采访。可在我静静地听着她倾诉思念快1个小时后，她主动向我敞开了心扉，并把亲友缅怀的10多封信和从未公开的院长家书交给我。

2月20日交稿当晚，我在泪水中敲击着键盘。不仅仅是被刘智明院长事迹深深感动，更怕写不好愧对英雄，愧对那份信任。这是我来武汉后第一次痛哭。这篇报道连续几天被各大网端置顶推送。中央指导组有关负责同志充分肯定："英雄的事迹很感人，采访英雄的记者也很感人。"

刘智明院长用自己的生命，守护了更多人的生命安全。正如

人民日报社记者吴姗在武汉市金银潭医院重症病区采访

习近平总书记所说：“把生的希望留给他人而自己错过救治的医院院长。”

采写英雄是一次精神的洗礼，是一次初心的升华。

第二次哭是在一个雨夜。疫情防控关键时刻，我走进被称为风暴之眼的金银潭医院重症病区，成为人民日报社第一个进“红区”的女记者。值班医生张巍一见我，就不容商量地催促离开，说赶紧走，记者在这儿太危险。想到采访机会来之不易，想到穿着的防护服还很紧缺，我一下急哭了。我怎能离开！作为一名党报记者，我有责任记录下这段抗疫历史。在我红着眼反复保证后，他勉强让我继续采访。

在这篇报道中，我记录了医生张巍经历救治艰难时刻的心声，他对我的采访从拒绝到接受；记录了护士梁顺照顾气管切开患者的从容淡定，他是金银潭年纪最小的护士；记录了患者王爷爷对我比划胜利手势的坚定笑容，他刚进 ICU 时连说话都喘。

采访中我认识了护士长瞿昭晖。她从金银潭医院开始收治新冠肺炎患者起，没有休息过一天，责任和使命支撑着她，带领科室年轻人连续奋战阻断疫情！在她的金银潭 ICU 护士私密微信群里，我看到一句话，深深地震撼了我。从云淡风轻的语气中，我看到了惊心动魄的力量。我把这句话作为文章的标题《疫情不结束，我们不撤退！》，紧接着，这个标题在武汉乃至全国广为流传，成为深入人心的战斗口号。

在武汉，我还采访过一位普通市民，他叫李智，在他父亲感染新冠肺炎去世后，用所有积蓄购买制氧机捐给医院；我采访过最早一批被感染的一位护士，他叫解三，出院十几天就捐献了 400 毫升血浆。这些抗疫缩影，凝聚成“武汉必胜！湖北必胜！中国必胜！”的磅礴力量。

这场战“疫”，没有你，没有我，只有我们。

我们是记录者，但不只是记录者。2020 年国庆节前，武汉一位年轻妈妈发来照片：“宝宝快 8 个月大，有 20 斤了，谢谢你们。”当时她已感染新冠肺炎，即将临产。紧急时刻，由人民日报开通的“征集新型冠状病毒肺炎求助者信息”平台为她的就医收治争分夺秒地联系，后来她被及时送入医院，产下一名健康女婴。听闻好消息，我又一次哭了，这一次是喜极而泣。我们的救助者信息平台总计征集到 4.2 万余条求助信息，我们全力以赴与生命赛跑，不放弃每一位求助者。

病床上的刘智明院长曾让护士帮忙拍下来探望的每一位医务人

员与他的合影，他说这是最强大最温暖的力量，他说春天就要来临，春暖花开，青山不改，我们来日方长！如果我能拨通刘智明院长的电话，我会告诉他，您期望的春天已经来临。

当我们再一次看到楚河汉街上熙攘的人群，当我们再一次看到湖北各大景点车水马龙，当我们再一次看到流动的中国充满活力，14 亿中华儿女可以骄傲地说：山河无恙！祖国安康！

除夕之夜　挺进“红区”

新华社　熊琦

武汉“封城”那天，商户关门、小区封闭、医院爆满，在这里生活工作了 10 年，我从没见过这样的景象。当时我只有一个念头：去抗疫一线，用新闻破除恐惧，给读者勇气希望。

除夕之夜，我缺席年夜饭，瞒着家人，笨拙地穿上防护服，走进了重症隔离病房。

采访中令我印象深刻的是彭志勇主任，他已经将十几名病人从鬼门关拉了回来，但他重复最多的话是：“做得还不够。”大夫饶歆左脚崴伤，行走困难，为了方便巡视，他在隔离区内又多备了一副拐杖。这就是当时“红区”的景象。那晚，每一个身影都有自己的故事。

从“红区”出来，我立刻投入照片的整理编发工作。初一清晨，这组来自武汉重症病房的现场报道全网刷屏。人们从恐慌中回过神来，发现他们原来被最勇敢的一群人保护着，他们白衣执甲，用生命守护生命。我妈也看到了这组报道。她给我发了条短信：“儿子，妈明白了，你也不用撒谎了。”但今天我想说：“妈妈，我的谎言，只是怕你们担心！以后我再也不对你们说谎了，我已经长大了！”

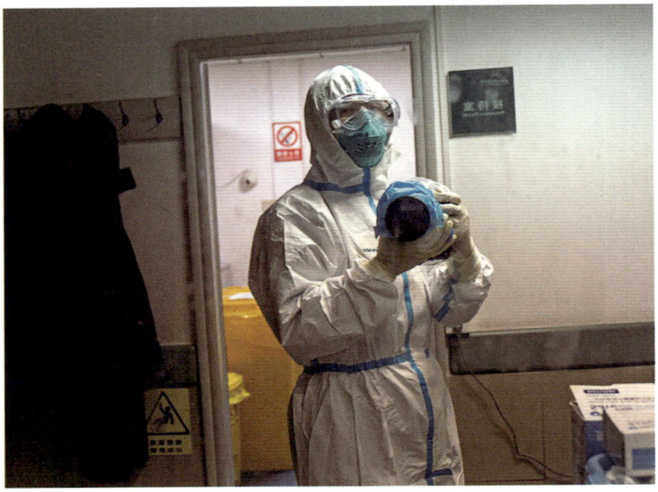
2020 年 1 月 24 日除夕之夜，新华社记者熊琦在武汉大学中南医院重症隔离病房内采访

为了展示这张照片，我专门去征得了老人女儿的同意。画面里的这名护士叫马晶，老人因为害怕，在病床上默默流泪，马晶握着老人的手安慰她。不幸的是，老人还是离开了。几个月后，同事告诉我，老人的女儿在四处打听我的消息。她说，要谢谢记者。因为我的报道让她看到了妈妈生前最后的影像，看到了医护工作者代替儿女尽孝。听到这个消息，我放下手头所有的事情，在几十块资料硬盘里，把所有和老人相关的影像资料一一找了出来，转交给她，希望能带给她多一点的安慰。

记者，一直是我梦寐以求的职业，但这一刻，我更加深刻体会到了它的分量。

方舱医院启用的第一天，为了记录大家的生活状态，我蹲守了10 个小时。我见到了一名小伙子，他入院躺下后打开了一本《政治秩序的起源》，口罩遮住了表情，但藏不住的是眼神里的专注。看见我举起相机，他轻轻摆了摆手，示意不用拍他，我犹豫片刻，但凭借记者的本能还是按下了快门。灾难面前，淡定从容；艰难时刻，探求理想。“读书哥”瞬间成了一个闪亮的精神符号。

这本书的作者福山教授，也在社交媒体上转发了我的这张照片。

看到转发消息，我们通过北美分社的同事找到了福山，他欣然写下了对“读书哥”的祝福。经过一个半月的漂洋过海，这本书到了我手中。可是，“读书哥”却婉拒了所有采访，消失在人海之中。整整两个月的大海捞针，我才终于找到了他，将这份万里之外的祝福送给他。

至暗时刻，一张照片，温暖了无数网友；一份祝福，架起了世界人民心中的桥梁。

总有人问我，那时你害怕吗？怎么会不怕呢，在刚准备进入“红区”，就听见身边的护士说她肺部有阴影的时候；在方舱医院采访，防护服意外破损的时候；在身边不断有朋友发热、感染，甚至倒下的时候，我都曾想过最坏的情况，可我不能后退！我是记者，这里是我们的家，也是我们的战场，我们会永远冲在一线。

咱们新闻有力量

中央广播电视总台　董倩

这枚奖章是全国抗击新冠肺炎疫情先进个人奖章。大家可以发现奖章中有一个小小的身影，他正在举着相机拍摄。我想这是对参加抗疫新闻报道记者们的最高赞扬！

在武汉，我采访了武昌医院院长刘智明的爱人——武汉第三医院 ICU 护士长蔡利萍。蔡利萍是重症监护的护士长。她病房里 30 多个 20 多岁的年轻护士，在疫情面前也曾怕过。她心疼这些年轻的同事，她们的年纪几乎就是她的孩子，哪个父母愿意看到自己的孩子往枪口上撞？可是她们穿上白衣就是战士，只能向前。蔡利萍要鼓励她们，还要作表率给她们看。

而此刻刘智明院长正躺在病床上经历着九死一生。蔡护士长每天微信问他：你感觉好吗？那个时候刘智明院长像溺水一样喘不上气，可是他告诉她：我好多了，你放心，你忙你的，你那里缺不了你。我不用陪，我很好。

这个采访很难，难在我要让刚刚丢了丈夫的妻子再一次经历选择的痛。我在《面对面》采访多年，多少采访都是步步紧逼，但是对蔡利萍，我真是于心不忍。但是这个采访又很重要，因为我想更

中央广播电视总台记者董倩（右）采访空军运 -20 首装师师长杜宝林

多的人会与我一样，从他们的痛中感受到的是力量。

这次采访，我更是一个倾听者，守住分寸，用同龄人的理解、用诚恳的态度传递给护士长：你说吧，我听，我懂。蔡利萍没把我当记者，她把我当成了朋友。那个采访，蔡护士长的泪水和讲述，深深打动了观众。

我的另一个采访对象，是当时的一个“网红”小伙卡车司机夏斌。他的妻子岑朦是癌症晚期，在去医院做手术时夫妻俩都感染了新冠肺炎，夏斌住进了方舱医院，岑朦住在同济医院。夏斌心里很苦，但是他为了让妻子笑，就拍搞笑视频分散妻子刺骨的疼痛，结果视频不仅让岑朦，也让护士和方舱病友感受到了欢乐。夏斌看到自己的笑能让别人快乐，就把自己的苦藏在了夜深人静。

方舱医院里一位50多岁的大姐总在哭，老母亲因感染了新冠肺炎去世，她在过一道很难的关。夏斌老早就注意到她，有一天他坐在大姐身边，告诉她自己正在经历什么，他心爱的妻子正在遭着什么罪，生活在不远处在怎样等待着他们。大姐听着听着抬起了头，过了一会儿把手搭在夏斌的肩膀上轻轻摩挲，她仍在流眼泪，但这时是为夏斌，他那么痛，反倒来安慰自己。两个泡在苦水里的人，都想的是把对方拉出来，心里的苦好像随着“给”倾倒出去了一点，而回灌进去的却是久违的柔软细腻的甜。

随着采访的深入，我越来越敬重他们。与普通人比、与单纯新冠肺炎患者比，他们不管是身体还是心里，都痛很多、苦很多，但是他们却把欢乐给了出去。我很欣慰，因为能通过我的采访让很多

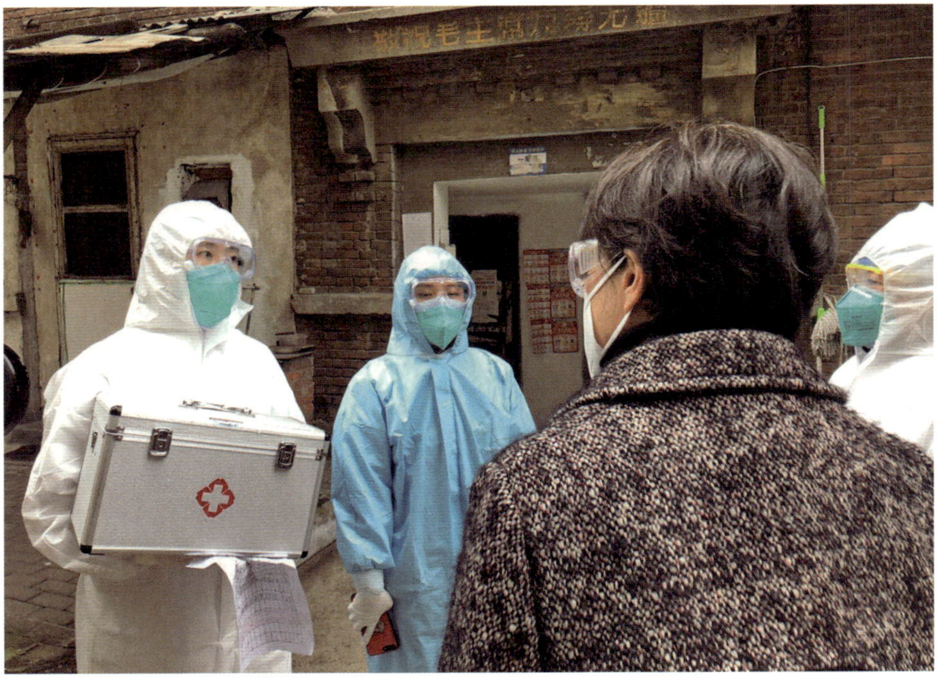

中央广播电视总台记者董倩（右二）在社区采访社区医生

人看到普通中国人身上的伟岸，看到他们即便身处逆境，也要尽己所能去帮助别人的闪亮。

我在武汉，100 多人的面对面采访，100 多期的节目制作，就是跟许许多多这样再普通不过的人打交道。我通过采访走进他们的心里，让更多人能够感受到，到底是什么力量能让中国人在这么短的时间里赢得与病毒较量的胜利。

作为记者，我们全程在现场。值得欣慰的是，我们的报道，汇聚起来的不仅仅是信息，更是信心、是力量。

它有时让你心痛，但又抚平心上褶皱，感受温暖！

它有时让你哭泣，但又帮你擦拭泪水，不再孤单！

这就是我 95 天武汉抗疫的感受！

咱们新闻有力量！

春天到了，胜利不远了

中央广播电视总台　苏洲

2020 年 1 月 24 日除夕，我正在山东潍坊到北京的高铁列车上拍摄“新春走基层”节目，同时不停刷着新型冠状病毒肺炎疫情的消息。看着手边印着“CCTV”台标的摄像机和话筒，我拿起手机，给中央广播电视总台央视新闻中心军事部领导逐字逐句敲下“请战”微信：“目前疫情越来越严重，如果未来有人民军队介入，作为一名军事记者，我有责任也有义务用镜头与他们一起战斗。在此，我郑重申请，如果需要，我愿意深入一线，在疫情战场上付出自己的全部力量。”

在军事部，拥有 4 年从业经历的我只能算是一名新兵，虽然有幸将国庆阅兵、中外联演等举世瞩目的历史瞬间用自己的镜头展现给全国人民，但我深深知道，这不是一名军事记者的全部，驻守边关、练兵备战是军人的职责使命，抗击非典、汶川地震、新冠肺炎疫情等重要时刻同样需要我们的记录。

抵达武汉

2020 年 1 月 30 日，我在武汉市肺科医院第一次穿上了防护

中央广播电视总台记者苏洲现场报道人民军队紧急驰援武汉

服，进入重症病区，中部战区总医院护士长刘孟丽正在对患者进行护理，我就在一旁等待，后背和面颊越来越湿，几分钟后汗水就浸透了全身，护目镜也已经起雾。终于等到了宝贵的采访机会，虽然早已在心里把问题反复过了无数次，但是当面对这位个子不高、话语凌厉的护士长时，她的认真和坚持还是深深感染了我。刘孟丽护士长是个很注重细节的人，她讲到，在进行救治任务时，护士的口罩如果被汗水浸湿，必须更换，一个刚毕业不久的小护士在病区里面待了6个多小时，刘孟丽狠狠地批评了她，因为这样对她来说有更大的风险。小护士说："护士长，哪怕你再骂我，我也不能出来，我如果出来，里面就没人了。"听到这段故事，我也分不清护目镜里是雾还是泪水，只觉得眼前这些医务人员紧张忙碌的身影变得愈发伟岸。

驻鄂部队抗击疫情运力支援队数百台车辆昼夜不停地执行运输

任务，中部战区调动直升机投送抗疫医疗物资。这些时刻，我都在第一现场见证，并架起两台摄像机，左边进行新媒体直播，右边进行大屏连线和采访画面的准备，对人民军队进行了全方位报道。为了尽快传回视频和资料，我经常席地而坐，以大地为凳，以腿为桌，忘记了地上是否被污染。

意外来临

2 月 4 日，武汉火神山医院开始收治首批确诊患者，为了清楚地拍到画面，我爬上了病区对面的板房房顶。那是工人存放物资的板房，距离病区有 30 多米，高度在 3.5 米左右。这一天，我在房顶待了将近 12 个小时，进行了 4 场直播连线、2 条新闻动态和 1 条《新闻联播》的报道。

晚上 6 点多，最后一场直播结束时，气温已经接近 0℃，我收到消息，要赶快从房顶下来，用电脑为当天晚上的《新闻联播》传送一些画面。当时的我已经冻得浑身发抖、四肢麻木，板房房顶太滑，伴随着“刺啦”的一声，我感到肚子和背部钻心的疼，我意识到，自己可能是受伤了。但是距离病区不到 50 米，我无法掀开衣服查看。前往医院后，果不其然，我的肚子、背部各有一道 10 多厘米长的口子，万幸伤口并不深，医生给我打了破伤风针后，不断叮嘱我注意伤口、注意防护。回到酒店我才发现，自己的羽绒服和新买的运动裤已被刮成布片，无法再穿了。

困难就是用来战胜的，挑战就是用来完成的。这些天里，我把自己彻底当成了一名作战一线的战士，我知道，祖国和人民在时刻检阅着我。我保证完成任务。

挺进“红区”

首批军队援助物资抵达武汉，3 支军医大学医疗队分别进驻金银潭医院、汉口医院、武昌医院接管病区，火神山医院交付……最初的 5 天，前方总台央视军事部记者只有我一个人，我不仅要与大屏直播连线、小屏新媒体直播，还要进行人物特写、综述、反响等内容的制作，算上连线，最多一天要有 10 多条报道。

中央广播电视总台记者苏洲在驻鄂部队抗疫支援现场写稿

一个人就是一支队伍。从第一次挺进“红区”开始，这里，就变成了我的主战场，直到 2 月 4 日同事刘笑宇到来才有所好转。

2 月 13 日晚，当我们得知火神山医院重症医学二科副主任马凌要值夜班时，立即申请与他一同前往。凌晨 2 点，一进 ICJ，周围嘀嘀嗒嗒的仪器声和紧张的氛围对我来说和外面似乎是两个世界，一位患者刚刚进行完抢救，目前的心率、血氧等多个指标显示异常，需要紧急处理！马凌和战友们迅速采取医疗措施，时间一分一秒地过去，我的前胸后背早已湿透，但是用摄像机全程记录下他对重症病人进行急救的过程，感觉就像是和他一起并肩战斗的战友。凌晨5点，结束工作脱掉防护服离开病区，东方已经泛出鱼肚白。在回去的路上，马医生突然对我说：“你看，现在已经6点了，天马上就要亮了。再黑再黑的黑夜，总有天亮的时候！疫情再难再难，总有转好的一天！”

随后的1个多月时间里，为了能够拍到最近最全的治疗画面，进入“红区”早已变成常态，我和刘笑宇在40天的时间里已制作近150条新闻，在《新闻联播》《新闻直播间》《朝闻天下》等栏目播出，并进行了11场视频直播连线、5场新媒体直播，20多个新媒体短片在央视新闻客户端、微博、微信等平台播出。其中，《火神山医院ICU不眠夜》网络点击量突破1亿次。一个个镜头，见证了疫情，也见证了战“疫”中的奋进，展现了全国人民万众一心、众志成城抗击疫情的勇气和信心。

胜利前夕

2020年3月，万物复苏，我有幸独家采访了军事医学前方专家组，并成为第一个进入军事科学院负压帐篷式移动实验室的记者。这一待，就是两个通宵，平均每次7个多小时，全程见证了他们在实验室的艰辛过程，新闻报道在《新闻联播》《东方时空》《24小时》等栏目播出。

军事科学院军事医学研究院的 3 位女博士也给我留下深刻印象，初见她们 3 人聚在一起是 3 月 7 日下午 3 点。刚从实验室里出来的她们，正在会议室匆匆吃着盒饭和泡面。来武汉前线的这 40 多天里，她们已经习惯了这样的工作强度，习惯了在附近会议室找个地方眯一会儿，习惯了沾床就着，习惯了爆痘、黑眼圈、掉头发，习惯了“每天早上起来都像被狠狠揍了一顿”的肌肉酸痛……原以为女博士是高冷严谨的形象，结果发现在生活中却十分可爱。

现在，每个人都相信，最困难的日子都已经过去。如今的武汉，树绿了，花开了，水蓝了，春天到了。

见证武汉全民抗疫的动人篇章

光明日报社　晋浩天

对新闻工作者来说，2020 年的春节是一个“战斗”的春节——

“有出差任务，出发去武汉，家里有什么困难吗？”

“没有！随时可以走。”

2020 年 1 月 27 日晚接到报社的电话后，我、章正和卢璐 3 位记者给出了不约而同的回答。从接到任务的那一刻，大家心心念念的只有一个地方——武汉。我们心里都清楚，这是一场新闻“硬仗”，讲好武汉战“疫”故事，是我们此行的共同目标。

1 月 28 日，我主动联系到一位爱心人士，把他们捐赠的 5000 多只口罩、120 瓶酒精棉球、一批药品“人肉”带去武汉。为了带上这批物资上路，我们 3 人只带个人的必需用品，以便能多带一些医疗物资去武汉。到了北京西站，我们数了数，要运往武汉的医疗物资就有 10 多箱。看到我们搬运困难，火车站的工作人员热心前来帮忙，让我们得以顺利上车。上了车，我们一遍遍检查这些物资，生怕漏掉一箱，列车员也主动帮我们照看。简单的物资接力，也成了一种爱心和信心的传递。

14 时 40 分，列车还没开动，我们便抓紧时间讨论选题。在南

光明日报社记者晋浩天在武汉采访工作照

行的列车上，我们遇到了同行，中央广播电视总台记者苏洲，他当医生的母亲给他发来一段视频，教他如何戴口罩、如何洗手，这位从除夕开始就一直在工作的记者，看到视频眼圈都红了。采访列车保洁员甘大姐时，她真诚地对我们说："我们做的事不算什么，不要关注我，多采访一些去武汉一线的人。"到了武汉，报道组奔忙于武汉各个角落，每一次采访都让我们内心深深地被触动。我们曾经以为，英雄离我们很远，直到这次我们才真正意识到，原来英雄就是与我们擦肩而过的芸芸众生，就是那些如此平凡的普通人。

北京大学人民医院呼吸内科护士长王雯参加过抗击非典，她觉得这次的疫情有些不一样。从手套到口罩，从防化服到防护服，从护目镜到纸尿裤……这身行头穿脱都不容易，全副武装后的医护人员先是大汗淋漓，又在忙碌中用体温把汗水蒸干。湿了干、干了湿，数不清有多少次。即便这样，王雯还是一再提醒护士，慢点走，不能急，一步一步按流程走，保护好自己，才能救更多的人。脱下一身“戎装”的她，着实让人心疼——前胸后背满是汗渍，护目镜和口罩勒得额头和面颊上都是压纹。“人们管这个，叫‘天使印记’。”她笑着说。

武汉市汉阳区晴川街铁桥社区工作人员彭彩即便累到天旋地转，狠狠地撞到椅子上，醒来后的第一句话却是：“吴女士去医院了吗？”她还惦记着社区里的发热病人。在不到48小时里，彭彩电话排查了200多户居民，这是多么大的工作量，而她只是说：“这些事我该做。”

武汉人面对疫情表现出来的大无畏精神，也鼓舞着我们。一条名为《武汉莫慌，我们等你》的“爆红”短视频中的一句武汉方言让人印象深刻——“我信了你的邪（我服了你了）！”这句方言道出了武汉人不服输的一面，也戳中了我们的心。

这些人、这些事、这些话语、这些感动，久久回旋在我们的脑海中，成为紧张繁忙中照亮心灵、温暖肺腑的星火。正是这栏一颗颗“不起眼”的螺丝钉，一个个再平凡不过的普通人，谱写了武汉全民战“疫”的感人篇章。

火线驰援，是一次“成人礼”

光明网　李政葳

2020 年 2 月 4 日立春，我从北京一路南行前往湖北武汉。到达武汉火车站已是晚上 9 点多，眼前这座千万人口的大城市寂静得让人心疼。空荡荡的街头几乎没有行人，偶有几辆救护车、救援车疾驰而过，沿途两座高楼楼宇屏上的“武汉加油”“中国加油”赫然醒目。

在接下来的两个多月时间里，我在一线记录下了这座英雄城市的特殊时期。

在这次抗击疫情的过程中，不少挺身而出的“00 后”让我印象尤为深刻。他们有的是医护人员，与时间赛跑、与病魔较量；有的是民警，坚守岗位、维持秩序；有的是社区志愿者，走街串巷、排查宣传……“国召唤，我必上”，对这群年轻人来说，火线驰援是一次行胜于言的“成人礼”。

采访中，刚满 20 岁的“00 后”护士陈玉婷对我说：“穿上防护服，感觉自己真的长大了”；值守方舱医院的 19 岁辅警雷剑璇说：“越是在危难时刻，越需要责任担当”；在战“疫”一线度过 20 岁生日的消防战士宋家宝说：“这里既是战场，也是历练的‘课堂’。”

光明网记者李政葳在武汉天河机场与后方团队连线

每一代年轻人都有不一样的个性，但他们有一点却出奇一致：关键时刻，都会毫不犹豫挺身而出。疫情之下，生命很渺小，生命也很伟大。

自2月上旬开始，光明网派赴武汉记者在网站首页要闻区开设了“武汉战‘疫’· 一线见闻”新媒体专栏，滚动呈现记者在战“疫”一线所见所闻所感，重点聚焦医护人员、高校师生等群体，截至2020年底已推出100多组图文、短视频、新闻图解、H5等新媒体作品，并在光明网PC端、手机端以及光明日报微博、微信公众号等多平台展现，形成矩阵式传播格局。

这让我深刻感受到，作为一名新媒体记者，身上的责任更重了。在这场疫情防控阻击战中，我有责任在现场，通过笔触、镜头、话筒，把温情记录下来，把希望记录下来，给那些生命个体留下人生剪影，告诉世人他们曾经“舍小家为大家”坚守拼搏，曾经与疫魔顽强抗争而无悔。

用话筒记录这个战“疫”的春天

解放军新闻传播中心　孙利

从事军事新闻报道20余载，我参加过抗击非典、抗震救灾、泥石流救援等多次灾难报道，没有一次像报道武汉抗击新冠肺炎疫情这样令人难忘。

大年初一，向武汉进发

2020年春节前夕，武汉新冠肺炎确诊患者数字每日攀升。出于军事新闻人的职业敏感，我预感到，人民子弟兵又要行动了，于是悄悄收拾起采访设备，装进行囊。

果不其然。2020年1月24日除夕之夜，根据中央军委命令，解放军陆、海、空军3支医疗队分别从重庆、上海、西安迅速出发，直飞武汉。接到通知后，我毫不犹豫就报了名。单位领导说：“要不要派个年轻人？你都快50岁了，又刚做完腰椎手术没几个月。”我找了一个非常充分的理由：“当年非典的时候，我曾进入小汤山医院采访，无论是个人防护，还是对疫情报道，我都有经验。”

2020年1月25日大年初一，我到达武汉驻地，来不及休息，便

2020 年 2 月 4 日，解放军新闻传播中心记者孙利（右一）在火神山医院采访收治首批新冠肺炎患者

开始投入战斗。检查点上，全身防护服的工作人员表情凝重，周围刺鼻的消毒水让我有点窒息，似乎呼吸的空气里就有无形的敌人。但转念一想，无论是作为军人，还是作为记者，我必须要向前冲。战斗打响的地方，就是军事记者的战位。

抵达现场，更要抵达人心

作为记者，不仅要抵达现场，更要抵达人的内心。2020 年 1 月

27日大年初三上午，在医务人员的协助下，我穿着防护服第一次走进汉口医院的ICU病房。

海军军医大学医疗队和汉口医院ICU医护人员正在联合抢救一名危重患者。我惊讶地看到，医护人员在帮危重患者进行人工助力呼吸时，离患者的口鼻不到20厘米。在与一位医生对话时，我问道："您当时离患者口鼻的距离就二三十厘米？"她轻轻地说："我要是不给他捏两下，人就走了，我们ICU的工作都是这样的，时间就是生命。"

如果不是在现场耳闻目睹，怎能知道这看似平常的一句话，背后却有医务人员的千钧重负。那天采访时天阴沉沉的，接近中午时，一缕阳光穿破云层，透过窗户斜射进来。一位医生欣喜地说："太阳出来了，好兆头。太阳出来了瘟疫就会少的！"我在心里默默记住了这句话，并写在了当天报道的结尾。

铁打的战士也有颗柔软的心

在武汉采访的日子里，无论是在医院、机场还是火车站，我都被许多人、许多事深深感动着。他们中，有年过五旬戴着移动呼吸机的老军医，有感染病房里值班的年轻护士，有驾驶"运-20"运送医疗队员的飞行员，有火神山医院建筑工地的工人，也有接送医务人员的志愿者……他们给我带来最深的感触是，铁打的战士也有颗柔软的心。

疫情发生后，空军出动多型运输机从向武汉空运军队支援湖北的医疗队队员和物资。在武汉天河机场，帅气的飞行员冯玮接受了我的采访，谈到这次任务时，他说着说着就哽咽起来。冯玮家是湖

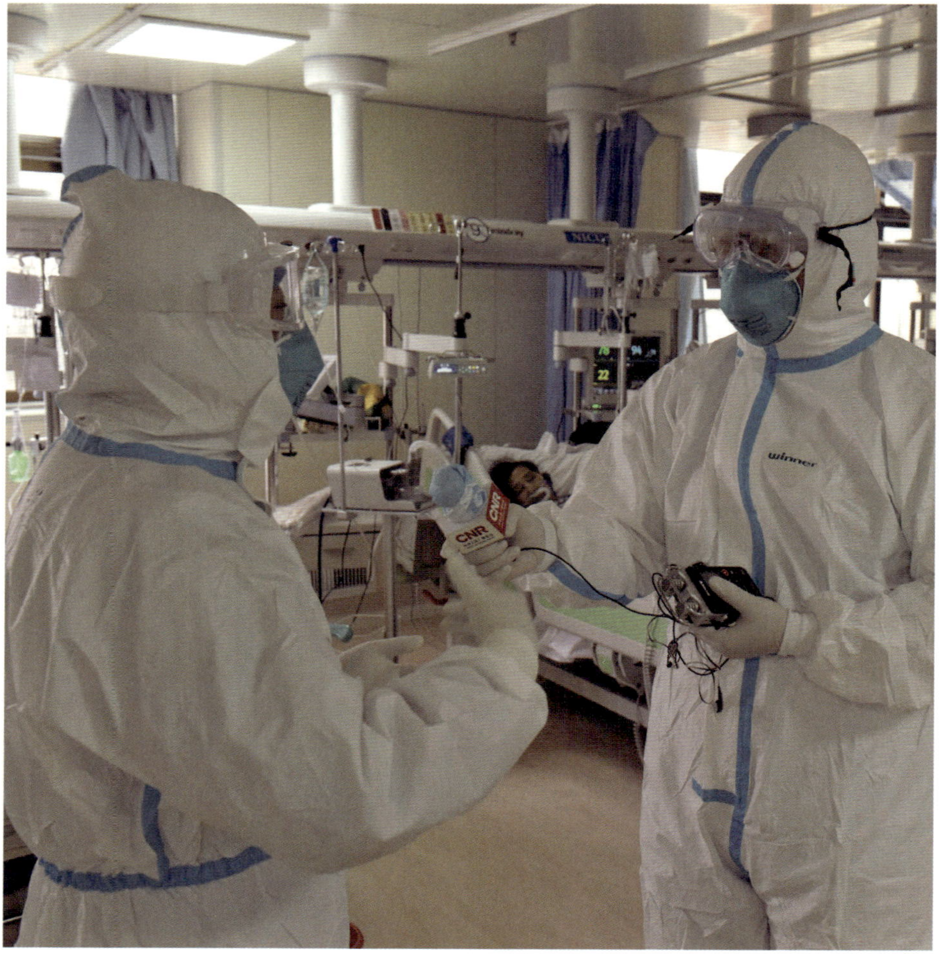

解放军新闻传播中心记者孙利（右）走进武汉汉口医院重症监护室，采访军地医护人员联合救治新冠肺炎患者

北的，爱人、孩子、老人都还在这里。他通过舱内广播对医疗队队员说：“希望你们能够在湖北平安、顺利地把任务完成好，待到凯旋之时，我再来接你们回家！”对他来说，这次任务既是守护国，也是保卫家。

2003 年，我曾采访过的小汤山非典医院院长张雁灵，作为建设火神山医院的专家顾问，大年三十晚上就风尘仆仆地赶到武汉，为火神山医院建设功能分区、流程设计、感染控制等提供了上百条指导意见。由于每天说话太多，他的声音已经沙哑，但他对抗击疫情的科学分析却让人充满信心，我的独家专访《原北京小汤山非典医院院长张雁灵：对打赢这场防控疫病的人民战争充满信心》播出后，在武汉引起较大反响。

疫情报道要带给人力量与希望

武汉救治一线，每天都有生与死的故事在上演，而军队医护人员争分夺秒救治患者生命更是常态。

3 月 2 日，我和同事王锐涛穿着两层防护服，再次走进火神山医院重症医学二科病房。采访时 28 床患者突发房颤，生命垂危，几位值班军医立马冲了过去，副主任马凌采用电击法进行心脏除颤，反复电击几次，把患者从鬼门关拉了回来。25 床患者情况稍稍好转，就挣扎着起来开始玩手机。我过去和她聊天，她喘着大粗气说：“我进来就没担心过，我有信心，你们也给我加油，给我力量！”一旁的 24 床患者看到我，声音微弱地说：“我想回家！”说得让人心疼。我理解她们的恐惧与担忧，鼓励说：这里有最好的医生，最好的医疗设备，你们一定会好起来的！

这一切，让我更加深刻地体会到，生命值得珍惜，每一位与病魔搏斗的患者，都值得我们尊重。作为一名记者，尽管深知疫情形势严峻，但我的报道也一定要带给人们力量和希望。

我在武汉坚守的 83 天中，战“疫”前线的军队医疗工作者个个临危不惧，他们心系人民的深情大爱和使命担当深深感染和激励着我向战前行，我接连采写了《党旗在疫情防控一线高高飘扬》《危难时刻方显英雄本色》等 200 多篇广播报道，把发生在抗疫前线的动人故事和感人瞬间，一一呈现给全国听众，让广大听众、网友通过我的报道看到这场战“疫”最后的胜利！

既要“沉下来”也要“传出去”

中国日报社　孟哲

“中华民族能够经历无数灾厄仍不断发展壮大，从来都不是因为有救世主，而是因为在大灾大难前有千千万万个普通人挺身而出、慷慨前行！”2020 年 9 月 8 日，习近平总书记在全国抗击新冠肺炎疫情表彰大会上的讲话掷地有声，高度评价了抗疫斗争重大战略成果，精辟概括了中国人民和中华民族在这场严峻斗争中铸就的伟大抗疫精神。

2020 年 2 月 4 日，在疫情最为严峻的时候，我来到武汉，走进了新冠肺炎隔离病房，也就是大家常说的“红区”。在“红区”的日子，我每天都见证白衣天使们从死神手中抢救生命，但令我印象最为深刻的是一场生命大接力。

他的名字叫作章玮，我见到他的时候是在跟拍辽宁援鄂重症医疗队，那天他正处于昏迷状态。章玮是一名需要接受 ECMO（俗称“人工肺”）治疗的患者。2 月初，在疫情刚开始的时候，全国只有 400 台 ECMO 可以用，治疗的都是极其危重的患者，用上 ECMO，就意味着一只脚已经踏进了鬼门关。

病房里空气仿佛都是凝固的，只有医疗设备传出来的嘀嘀的声

中国日报社记者孟哲在运送紧急医疗物资的直升机上进行采访

音。但是，我的一个提问打破了这种宁静，我问治疗他的医生：“你们大老远从辽宁过来，为什么呀？”可能从来没有人问过如此简单的问题，治疗章玮的大夫稍微愣了一下，然后给了一个令我铭记一生的回答。他说：“我们来了，就干一件事儿，让他活，一定让他活！”

4 月底，章玮基本康复了。最后一次见到他，我问他，濒临死亡的感觉是什么样的？他说：“我好像被压在水下面，怎么都出不来，但是我不怕，我坚信一定会有人来救我的。”章玮说得没错，的确一定会有人来救他，作为旁观者，我看到了辽宁重症医疗队、河南医疗队、福建医疗队、武汉人民医院 ICU 的大夫，他们用 4 个多月的时间，7×24 小时不间断工作，来接力救治章玮。

章玮活下来了！

我们都被章玮求生的欲望感染，惊叹生命之顽强。对于我们这批生于盛世的年轻人来讲，接受了最好的爱国主义教育，我们最真切地理解到了什么叫作“生命至上”。这是中华文明人命关天的道德观念！这是中国普通老百姓敬仰生命的人文精神！能记录这样一件事儿，我想说，当记者，太过瘾了！

很多人问我："孟哲，你在'红区'里拍摄，有考虑过自己的安危吗？毕竟你还那么年轻。"这是从武汉回来后，我被问到最多的一个问题。在回答这个问题之前，我还想讲一个故事。

2020 年 3 月，我在武汉"红区"拍摄的视频报道突然在海外社交媒体上流量暴增，其中一集纪录片《实录！ 6 小时跟拍武汉重症病房救治现场！》播放量高达 150 万次。

那时正是海外新冠肺炎疫情暴发期，许多来自意大利、西班牙的网友在我们视频下面留言，其中还有很多是医生、社工这样的专业人士。他们特别想知道中国是怎么治疗的，中国的医生是怎么防护的……他们在评论区写道："中国的每个人都愿意戴口罩""加油中国""中国的医生真的好勇敢！"

面对疫情全球大流行，我们看到西方一些政客和媒体刻意利用新冠病毒对中国进行污名化。但是，当专业人士、普通百姓看到我们抗疫斗争的时候，他们发出了真实的声音，这些声音是在那些别有用心的政客演讲和媒体报道中不曾出现过的。每当看到那些留言的时候，我就不后悔一次次走进"红区"，因为我们的报道能让全世界看到中国抗疫的真实情况！

习近平总书记说："哪有什么白衣天使，不过是一群孩子换了一身衣服。"4.2 万余名援鄂医护人员中有一半是"90 后""00 后"。我是中国日报社的新媒体记者，也是一名"90 后"。有人说，我们"90 后"是最惜命的一代，但是，当我们把自己装进"防护服"，当国家需要我们的时候，我们也会义无反顾地冲上去！新闻记者必须坚守住舆论主阵地，向世界讲述武汉这座英雄的城市所经历的一切，让正能量更加强劲、让主旋律更加高昂！

逆行无悔

中国新闻社　安源

2020年1月27日9时5分，志愿前往武汉支援采访报道的我，从成都东站踏上驶往杭州东站的D2264次列车，向武汉出发。

接到出发任务的时候是大年初一，当时我正在四川大学华西医院采访即将驰援武汉的医护人员，没想到我之后也成了这些逆行者中的一员。

出发时正值大年初三，是人们传统走亲访友的日子，而受新冠肺炎疫情影响，成都东站宽敞的候车大厅显得十分冷清，连以往最热闹的检票口也无“长队”可觅。

七八名乘客和我一同上车，车厢内弥漫着淡淡的消毒水味。在乘务员的帮助下放好行李后，大人、孩子均戴着口罩坐在自己的座位上，鲜少交流、走动。

当乘务员得知我是去武汉支援采访的时候，他们反复叮嘱我要加强防护，还端来了他们的工作餐，让我觉得十分暖心。

列车加速出川，在群山峻岭间平稳飞驰。车内广播循环播放着新冠肺炎防疫注意事项，两侧车窗外，青山绿水依旧。

每次到站停靠，戴着口罩的工作人员都会手持消毒工具为列车消毒。列车停靠的每一站，我都会下车拍照留存影像资料。

离武汉越来越近，上车的乘客逐渐减少，列车上的乘客纷纷下车。还没到达武汉，我所在的车厢便只剩我一人。看着这“只有一位乘客的车厢”，我知道，前线就快到了。

17 时 45 分，列车抵达武汉。出站后被誉为“楚中第一繁盛处”的汉口已是暮色四合、华灯初上，连续高强度工作了 20 多天的武汉同事在出站口向我挥手。

在这片与疫情战斗、与时间赛跑的土地上，白昼的结束意味着夜晚的工作刚刚开始。

在武汉 65 天的时间里，我与报道组同事多次前往隔离点、定点医院、重症病房以及雷神山、方舱医院等地，从医护人员到患者，再到奋战在抗疫一线的普通环卫工人，用镜头记录了每一张面孔在抗疫时期的生动故事。其中，随李兰娟院士“红区”查房的采访经历更是让我永生难忘、逆行无悔。

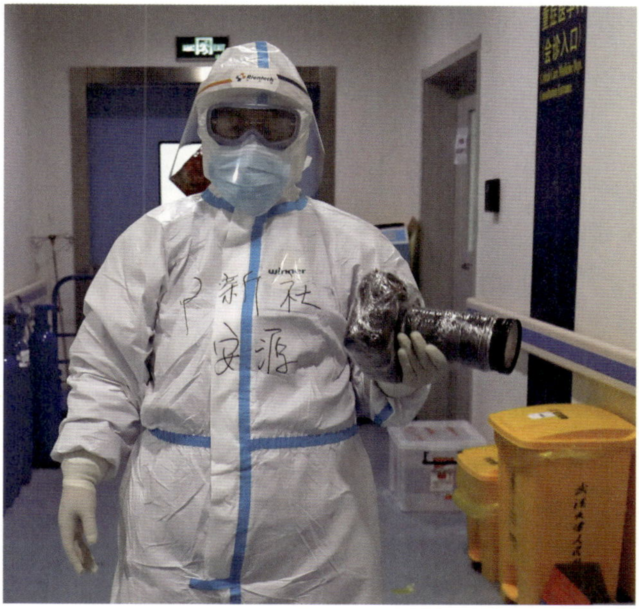

2020 年 2 月 20 日，中国新闻社记者安源在武汉大学人民医院东院重症病房采访

2 月 20 日，中新社前方报道组有幸获得独家采访李兰娟院士在 ICU 病房查房的机会。接到采访通知后，我就开始思考进入医院后

我要怎么拍、拍什么，怎么用镜头捕捉最感人、最生动的瞬间。

20日一早，我与同事就来到武汉大学人民医院东院的国家医疗队指挥中心。医院建议我们在外围拍摄，经过争取我们获得跟随李兰娟院士进入医院“红区”的资格。虽然我曾经在成都进入过“红区”，但再一次进入，心中不免有些忐忑。

当天从见到李兰娟院士开始，我就关注每一个细节，从她穿防护服，为同事加油鼓气，同患者做手势沟通，观察治疗设备……直到回到指挥中心继续新的工作。可能是当时湖北以外全国确诊病例已经14连降，也可能是医院不少患者的情况逐渐好转，当李兰娟院士脱下防护服时，疲惫的她下意识地露出了微笑，面部的压痕清晰可见。

在战“疫”拉锯战的关键节点，我意识到李兰娟院士作为最高级别的专家之一，她的笑容可以给人以信心和鼓励，也意味着希望和胜利，可以舒缓全国人民的焦虑，给患者增添战胜病毒的信心。

我连忙举起相机，抓拍了这个动人的珍贵瞬间。这一组《李兰娟院士走进ICU查房了解患者治疗情况》独家图片报道，不仅上了热搜、在手机上被刷屏，还受到了有关部门的高度肯定。

离开武汉已经一年多了，但在武汉的日日夜夜至今历历在目，让我感动、让我垂泪，更让我坚定了作为党的新闻工作者的初心和使命。

用影像和文字去记录这座城市的温暖和希望

中国青年报社　谢宛霏

“一名报社子报刊采编中心的记者，为什么选择报名去武汉参与抗疫一线采访？”很多人问过我这个问题。“苟利国家生死以，岂因祸福避趋之”，作为一名“90后”党员，在国家有难时必须挺身而出，这就是唯一的原因。

我们在2020年2月14日情人节那天踏上了征程，到达武汉时已是晚上8点多。这座千万人口大城市没有了往日的喧嚣，空荡荡的街头几乎没有行人，寂静得让人有点心疼。

在武汉，我特别关注在战“疫”中默默奉献的“90后”青年志愿者群体。我采访了从湖南驱车来支援的小伙郑能量、骑着电动车送药的教师吴悠、汶川大地震的幸存者滴滴司机王利、住进方舱仍然在线上进行志愿服务的美容师李小熊等，报道了《志愿者：挺身而出的凡人英雄》。深深打动我的是，这些年轻人成为志愿者的初衷都是那么朴实，他们只是希望能为家乡尽自己的一份力。

我跟拍采访了快递小哥汪勇，推出了全媒体报道《“超人”汪

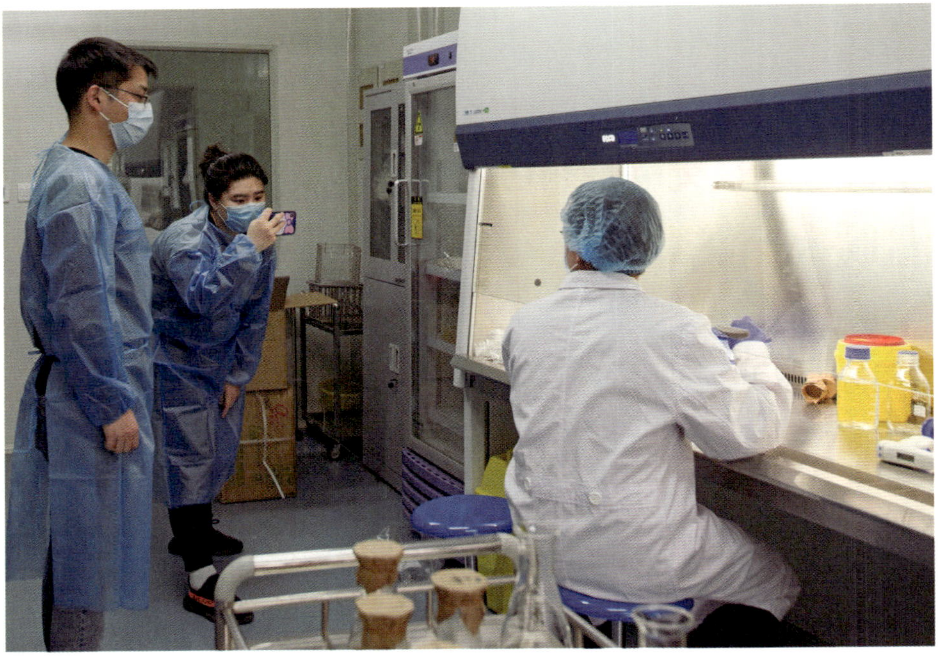

中国青年报社记者谢宛霏在湖北省疾控中心实验室内拍摄采访对象进行终末消毒效果评价前的准备工作

勇：你来保护武汉　我来保护你》。在撰写稿件时，我采访了他身边10余人，其中包括他一直提供志愿服务的金银潭医护人员。令我有些疑惑的是，护士高继先告诉我，非常感谢汪勇为她找来的一次性饭盒。所有隔离的医护住在酒店都是有饭食提供的，为什么她会需要这些东西？我敏锐地发现这背后可能有故事，便不断追问、深入挖掘。原来，她是要给同院倒下的战友送饭。医生杨昊因疫情早期未做防护在抢救患者时被感染，从抢救他人生命的医生到躺在病床上的患者，这个故事使杨昊这个人物非常具有典型性。经过多次深入金银潭医院南楼重症ICU“红区”内进行录制采访，我完成了全媒体报道《“彭银华走后，我就变成了病区的希望”》。这篇报道的采访周期很长，因杨昊接受采访时最多只能持续说话3分钟，中途需要多次休息，身着防护服在“红区”内让我的行动比较受限，在进行视频拍摄时还需要克服呼吸不畅、出汗脱水等问题，整个采访难度非常大。前前后后我共录制了80余条视频片段，剪辑成5分钟视频，让读者对金银潭重症ICU及医患之间的关系有了非常直观的了解。在视频中，能看到金银潭从黑夜到白天的变化，患者从崩溃到坚强的转变，医护人员为了抢救生命的努力等。高继先护士对我说：“谢谢你们的记录，很多医护看到了自己的影子，我是边流泪边看完的。”

有朋友曾问我，进金银潭医院ICU你害怕吗？我记得当时是这样回复他的：“我年轻，抵抗力又强，即使被感染了也就是个轻症，如果被收治到方舱还能在里面采访写几篇特稿，而且康复了还能捐献血浆救几个人，怎么都不亏。”在武汉一天，我就应该像白衣天使一样，坚守在记者岗位上。

在报社几年的锻炼成长，让我懂得了青年报人在重大事件重要报道中的责任和使命，并努力付诸实践。在报社全媒融合的背景下，我时刻以全媒体记者标准要求自己，除了用脚采访、用笔还原，也尝试用短视频等新媒体方式呈现，与后方多部门联动推出了《跟拍！和中国疾控流调员一起“破案”》《跟拍！“逆行跨境”31天清运医疗垃圾500吨》《跟拍！武汉送菜小哥：我送的是一个个家庭的生存保障》《跟拍！和武汉社区保障队“90后”女司机一起出发》《跟拍！武大中南医院终末消杀》等系列全媒体报道，用视频直观呈现那些坚守岗位、默默与疫情战斗的凡人善举。作为新闻工作者，我有责任奔走在一线、坚守在现场，用影像和文字将温暖和希望记录下来。

在武汉，走过凛冽寒冬迎来春暖花开

人民公安报社　李昌林

2020年3月11日，武汉。凌晨2点，没有睡意，我拉开窗帘往外看，高架桥上没有车，夜幕下静寂无声。一抬头，我看见了星星在发亮。这是我到这座城市的第41天，就在3月10日下午，方舱医院全部休舱，我们迎来了胜利的曙光。思绪蔓延，一帧帧回放，这40多天就像一场惊心动魄的电影。从“火神山”“雷神山”到定点医院、方舱医院、隔离点，从上门排查到转运收治，从交通要道到街道社区……

累与泪

“若有战，召必回！”关键时刻冲得上，生死关头豁得出，才是真正的共产党人，才是真正的新闻人。

来之前我不是不知道这里的危险性。2003年，我在武警北京某部服役，一名战友因抗击非典牺牲的痛心事，至今萦绕心头。

在还未竣工的火神山医院工地，我看到一名中年男子一只手拿着一沓病历，另一只手在抹眼泪。他的父亲得了新冠肺炎，正在找民警求助。几名民警不停地打电话，希望能帮到他。最后，在民警们的努力下，老人入院救治。在最艰难的日子里，我看到了一群人在顽强拼搏，哪怕只有一丝希望，他们也愿付出百分之百的努力。

又是一个出警现场。一位68岁的大爷发着高烧，手足无措，他91岁的母亲患有新冠肺炎，已经出现意识模糊。我们穿着防护服，跟着民警进了屋。突然，老婆婆咳出声来，现场氛围骤然紧张起来。要知道，那是一名重症患者，稍不留神，所有人都可能感染。而那名民警好像什么事也没有发生，继续不停地安慰老人。将老婆婆抬下楼、送上救护车后，我看见那位大爷在流泪，频频向民警表示感谢。

人民公安报社记者李昌林（左一）在暴雨夜采访定点医院执勤民警

在那段日子里，我能做的就是不停地采访、不停地写稿。白天奔走在各种现场，晚上写完新闻稿开始写内稿，写着写着，我看见了凌晨3点钟的城市灯火；写着写着，我看见了喷薄而出的一轮红日。

冷与暖

一晚暴雨突至，我们前方报道组 4 人商量，去看一看暴雨夜的武汉。裹紧大衣，我们在火车站、定点医院、方舱医院，看见了那些穿着白色防护服的民警依然在坚守，给这座城市带来了春天般的温暖。

凌晨 2 点，回到酒店，第一件事就是洗个热水澡，去去寒气。当天，我已经是第 3 次洗热水澡了。武汉的夜晚冷得出奇。中央空调是不敢开的，怕交叉感染。半夜被冻醒的事情，经常发生。尤其在写稿时，由于精力高度集中，会忘记周遭的一切。等写完交稿，全身已经冻得发抖。实在冷得不行了，就去冲个热水澡，这是唯一祛寒的办法。

天气再冷，心头却时时有暖流涌入。一名老党员、退休民警 3 次递交请战书，要求返岗转运患者。他的理由是：“钟南山都 85 岁了，还在抗疫一线。我才 65 岁，正年轻着呢！”最终，组织上同意了他的请求。一名 59 岁的老党员、社区老民警用四把椅子、一块木板搭起一张床，住在了社区警务室，当起了“守门人”。一名党员辅警主动请战进了方舱医院。

“我是党员，让我上！”这样温暖人心的话语一次次触动我心底最柔软的地方。我能做的就是把这些感人的故事、鲜活的人物写出来，让更多的人知道这里发生了什么。

难忘 90 天

健康报社　曹政

2020 年 1 月 26 日，我和国家卫生健康委组织的援鄂医疗队一起出发，直到 4 月 27 日，和国家卫生健康委前方工作组一起返京，正好 3 个月时间。

大年初二，接到报社指令去武汉的时候，我并没有太多特殊的感觉。作为专跑卫生应急突发情况的记者，曾目睹了不少灾难现场，地震、洪水、泥石流就不说了，不管是鼠疫、霍乱、甲流还是埃博拉，从中国到非洲，疫区也没少跑。起初我觉得，这一次，可能也就是其中的一个疾病而已。

到了武汉才发现，形势比想象中严峻。

很快，在以习近平同志为核心的党中央坚强领导下，国家卫生健康委作出安排部署，派出工作组、专家组赶赴武汉市，指导做好疫情处置工作。几万名医务人员从各地驰援，精锐专家坚守一线，防控方案不断调整。让我印象深刻的是，武汉人的乐观天性并没有因为疫情丢掉。和一帮在前线奋战了 1 个多月的医生们聊天，他们问我："你打算什么时候回北京？"我说："当然是等到疫情结束啊。"那些疲惫的医生哈哈大笑说："好，我们一定努力控制住疫情，让你

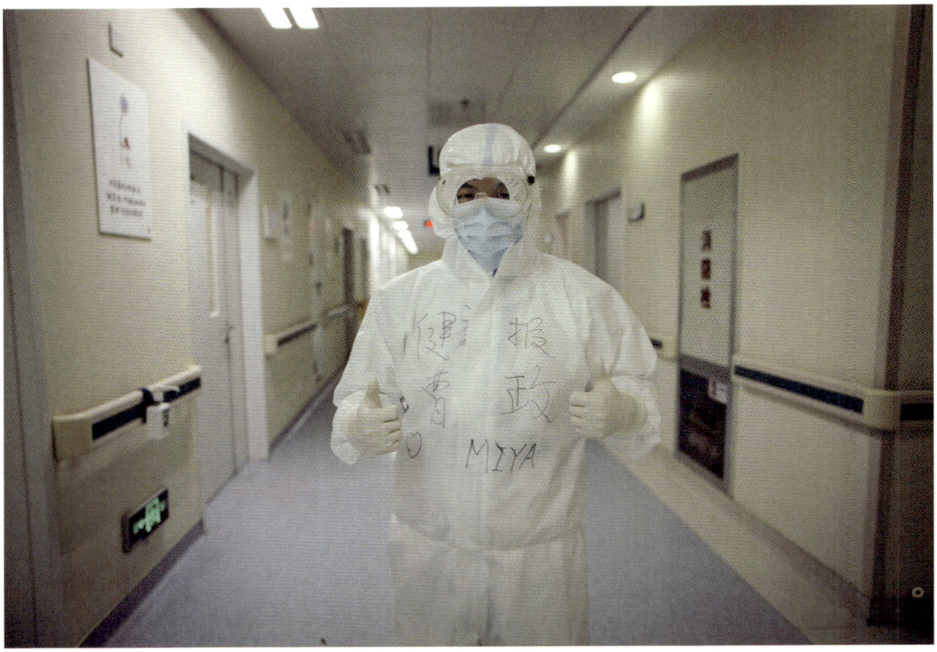

2020 年 2 月 26 日，健康报社记者曹政在武汉协和医院新冠重症救治隔离病房结束一天采访后，给坚守岗位的医务人员点赞

能早点回家！”

从 1 月 26 日抵达，到 4 月 27 日撤离，每一天，我都穿梭在江城的大街小巷，见证了这座英雄城市一点一点重新恢复生机的全过程。

我记得，有一天采访结束，徒步走回宾馆，路过武汉一条最普通的小巷，那天阳光正暖，路边居民楼二层的年轻人，不能走出家门，于是便靠着窗户，晒着太阳，轻声唱着歌。我也记得，曾经在武汉市区街头路过一个不起眼的杂货店，不大的店面，也分成了水果区、肉食区和蔬菜区，店里播放着欢快的音乐，几个老街坊戴着口罩，慢悠悠地溜达着挑选，售货员正从一辆小货车上卸下水果和蔬菜，码放到货架上，路边的住宅楼里，透过窗户冒出饭菜的香味。

我更记得，在汉口一家社区卫生服务中心采访时，碰到一名“90后”社区医生，他和居委会一起承担上门入户调查随访的任务，繁琐的工作让他倍感疲倦，但是他说：“武汉是我的家乡，我总得为它做点什么。”这座城市和生活在其中的人们，的确是当之无愧的英雄。

在新冠肺炎疫情肆虐的紧要关头，我的同行们纷纷义无反顾地放弃了春节假期，第一时间冲锋在前，采写编发了大量疫情防控报道和科普报道，奏响了一曲抗疫强音，体现了媒体工作者的价值与担当，这是身处这个行业的责任，也是我们不断前进的动力。

我在武汉，看见了中国人刻在骨子里的坚强

健康时报社　张赫

妈妈说，你到武汉采访后全家人都度日如年。但对我来说，除了遗憾没能早点来武汉外，一直觉得时间过得太快，我做得太少太少。

每天晚上回到宾馆，路过鹦鹉洲大桥，看着江水和偶尔一过的车辆，我也数着来武汉的日子。如果用几个词来概括这些天的所见所感，我想应该是：坚强、震撼和感动。

2020 年 3 月 1 日，健康时报社副总编辑赵安平带着我出去做武汉街头的直播。90 分钟里，直播间涌入了 20 多万的观众，一边解说一边看着网友的评论，我真切感到，我们的确是在记录着武汉这座“英雄城市”的一个特殊时期。

在这场残酷的战役中，我一直在纠结，在面对如此悲情的时候，我们还要不要举起拍摄器材。后来我明白，要缅怀、要致敬，也要传播正能量，这是党报的责任与使命，也是记者的职业素养。

2020 年 2 月 22 日，我来到武昌方舱医院做现场报道。报社领

导多次叮嘱我注意防护细节，家人也因担心而坐立难安。该病区是由湖北省肿瘤医院负责的，在医护人员给我做了半个小时的防护后，我“全副武装”地推开了方舱医院患者区的大门。从前热闹的体育馆，现在都是整齐的病床，患者穿着睡衣聊天，在患者间匆忙穿梭的医生汗流浃背。我随机找了几位患者聊了很久。一位 39 岁的患者说，她是党员，出院第一件事就是去献血，想帮助更多还没痊愈的人。一位 50 岁正在看书的叔叔是从县城来到武汉帮女儿带孩子过程中被感染的，我问他这次疫情中体会最深的是什么，他毫不犹豫地说：“我们的祖国太强大了。”说完眼泪就掉下来了。10 天建好火神山医院、雷神山医院和 16 所方舱医院，调度全国医护人员和物资支援武汉，这就是中国。

在直播雷神山医院第一批患者出院时，第一个坐着轮椅被推着

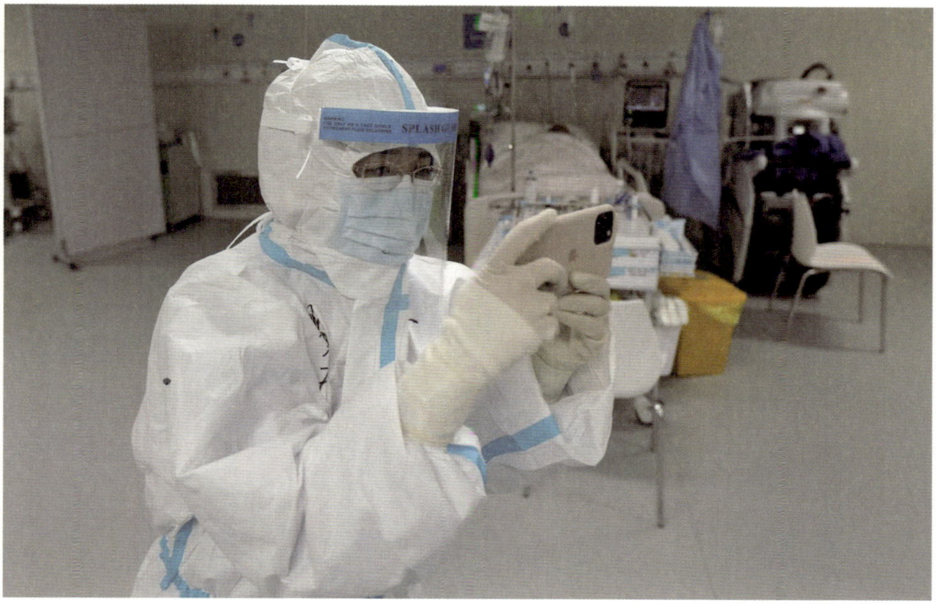

健康时报社记者张赫在雷神山医院 ICU 重症监护室里采访，身后就是 67 岁的武汉危重症患者

出来的是一位 83 岁的老奶奶。她觉得马上就要离开医院了，第一个问题就是问院长，我要交多少钱啊？院长拍着她的肩膀说：“不需要花钱，国家给你们交过了。”在老人的惊讶里，我看到了一个国家给人民的底气。

记者也是逆行的人。在每天两场的直播留言里，有观众留言说：“记者辛苦了，你们是我们的眼睛。”我想，“我是记者”这几个字不是几句话就能讲清楚的，新闻现场是我们必须坚守的阵地，这是选择了记者这个职业的人要用一辈子去践行的。

“士不可以不弘毅，任重而道远。”来武汉后，我没有休息过一天，却没有一天觉得累。在记录历史和时代的过程中，作为记者，我们要用自己的眼睛、笔和镜头，让全国人民乃至世界都看到最真实的武汉：充满感动和温暖；看到最真实的中国：充满坚毅和勇敢。

在万家灯火中找寻新闻工作的意义

河北广播电视台 张文敏

回望时光，2020 年是如此不寻常，突如其来的疫情，让武汉这座千万级人口城市史无前例地被按下了“暂停键”。2020 年 3 月 10 日，对武汉来说，是一个值得铭记的特殊日子。这一天，习近平总书记抵达武汉，考察新冠肺炎疫情防控工作。也是在这一天，运行了 35 天的武汉市首个方舱医院——武昌方舱医院正式休舱。方舱医院休舱，标志着武汉保卫战离胜利更近了一步，也标志着援鄂医疗队支援湖北取得了阶段性成果。

2020 年 3 月 14 日，河北支援湖北第一批医疗队圆满完成武汉市第七医院新冠肺炎患者的收治医疗任务。河北广播电视台记者张文敏（右一）在院内采访治愈出院患者

抗疫期间，我们每天扛起摄像机，拿起话筒，戴着口罩穿梭在城市的大街小巷。2 月 19 日，我初抵武汉时，当地疫情发展形势依然严峻，何时能够遏制

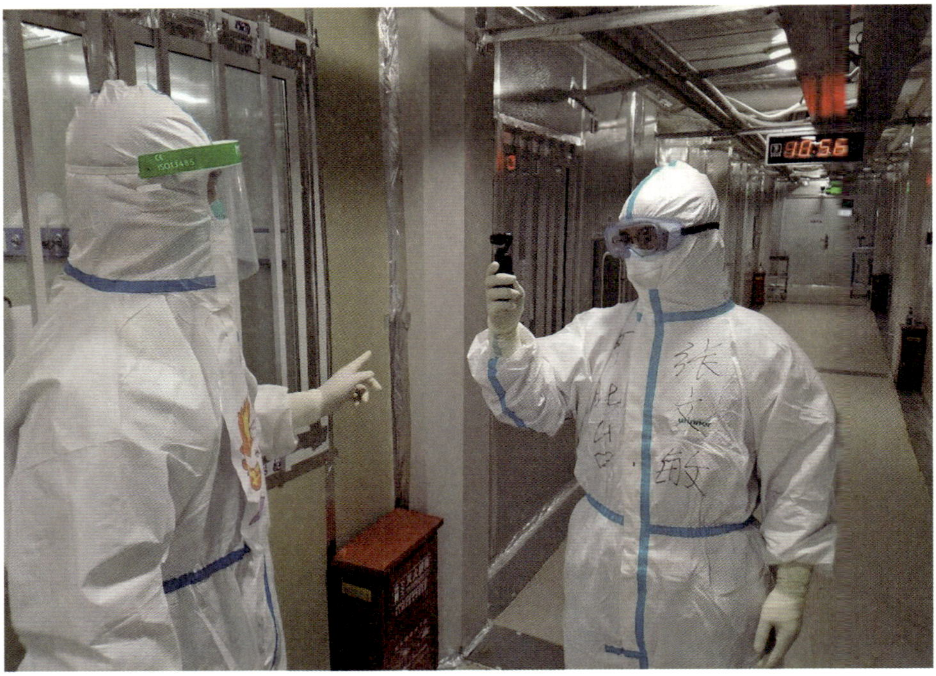

河北广播电视台记者张文敏（右）在雷神山医院采访援鄂医护人员

疫情？谁也没有答案。3 月 9 日晚上 7 点多，接到河北第三、四批支援湖北医疗队领队参加休舱仪式的电话，我第一次觉得，一只脚从冬天踏进了春天。3 月 10 日早上 6 点多，我步行赶到第三、四批支援湖北医疗队驻地，乘车前往武昌方舱医院。休舱仪式现场，援鄂和武汉本地媒体同行早早入场，长枪短炮全上阵，抢占机位忙拍照。这是我在武汉第一次见到这么多同行，大家眼神坚毅，疲惫中带着兴奋的喜悦。当听到“休舱”二字被喊出来时，大家都异常激动，不少医护人员、媒体人还动情地流下了眼泪。那一瞬间，我也湿了眼角，20 多天里的所见所闻也一帧帧开始在脑海回放。

来武汉之前，河北媒体的各类图文、视频报道主要依赖于前方的医疗队员采集回传。电视报道不同于文字、广播，需要用画面来表现现场。我在武汉第一次进入“红区”采访，就是在武昌方舱医院。为了拿到更多电视画面，我做了充足准备。进舱采访中，因为过于投入导致护目镜和口罩之间出现一道缝隙，医护人员提醒并帮我粘了胶条。当时，我心里咯噔一下，但转过头考虑到既然已经冒险进来，就要尽可能拍到更多的画面素材。人的一生没有多少个这样的时刻，当下就是我们新闻工作者存在的意义，就是我们的责任。

我父亲是《河北新闻联播》的忠实观众，从新闻中寻找我的名字和身影成了他每天坚持的事情。来武汉时，我和哥哥达成默契，让他打电话给父亲，在节目播出时把父亲从电视机前支开，免得老人担心。一周之后，父亲还是知道了。除了嘱咐我要注意安全，他什么话也没有说。但我知道他的心愿：那就是疫情早点结束，武汉快点好起来，好让我的儿子快点回家。

在这场战“疫”里，每一个人都把责任扛在了肩上，放在了心里。在武汉，不少媒体同行，都是突然接到奔赴武汉采访工作的通知。他们都是家庭不可或缺的重要角色，虽有牵挂与不舍，但都扛起摄像机、拿起纸笔，义无反顾地奔赴这一没有硝烟的战场，向人民群众传递打赢疫情防控阻击战的信心和力量。人们常说，哪有什么岁月静好，只不过是有人在负重前行。在武汉，每天晚上看到远处高楼上，家家户户的灯亮起来，就是我最治愈的时候，也是我们新闻工作者无怨无悔、执着坚守的意义所在。

深入“红区”记录抗疫一线故事

山西广播电视台　梁震

庚子之春，一场突如其来的新冠肺炎疫情在荆楚大地蔓延。疫情就是命令，防控就是责任。全国各地紧急驰援，2020年1月26日，山西派出首批医疗队前往湖北。山西省委宣传部发出通知，要选派记者跟随医疗队一同出征。作为一名有15年工作经验的记者，曾参加过2008年汶川地震和2013年雅安地震等多次突发事件报道，这一次我也没有丝毫犹豫，第一时间报了名，当晚便跟随山西医疗队奔赴湖北仙桃。

出发前想过各种各样的情况和不确定因素，但作为一名共产党员，在国家危难之时，要发挥党员先锋模范带头作用。不管面对的是什么，都必须拿出承担一切的勇气，践行一名新闻工作者的使命担当，奋勇向前，绝不后退。

坚持脚力是根基

新闻人不深入一线就没有话语权。既然有胆量踏上荆楚大地，就必须迈出最重要的一步——进入重症“红区”。在到达仙桃后第

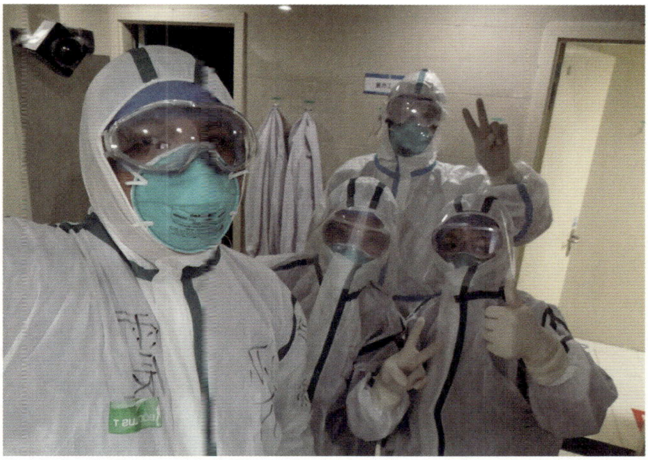

2020 年 1 月 28 日，山西医疗队 3 名医务人员第一次进入仙桃市第一人民医院重症隔离病房，山西广播电视台记者梁震（左一）跟随采访

二天我就跟随 3 名医疗队队员进入重症隔离病房，成为第一个在湖北进入“红区”的山西媒体记者。病房内的工作并不轻松，防护服和护目镜都会给行动和拍摄造成不便和影响，但这绝不是无法完成好工作的理由。从医务人员开展救治到患者见到山西医疗队时真情感激；从医院对医务人员的防疫保护到医务人员精湛的业务水平，我不舍得漏掉每一个细节，因为处处都是新闻。依靠多年的工作经验和努力，终于在第二天的《山西新闻联播》栏目播出了近 4 分的视频报道《首进隔离区！山西援鄂医疗队展开救治》，向观众传递出山西医疗队队员和湖北当地医务人员团结协作救病患、前方一切安好的信息，让医疗队队员家属们安心、让全省人民放心。

坚持眼力是关键

“你们都出去！快点！”2 月 19 日晚，山西医疗队护士黄敏在进行抢救工作时让所有医务人员都离开病房，却唯独留下自己为患者吸痰！我有幸抓拍到这一刻，一个坚强又无比伟岸的身影。正是因为有千千万万个像黄敏一样的白衣战士不计个人安危以生命守护生

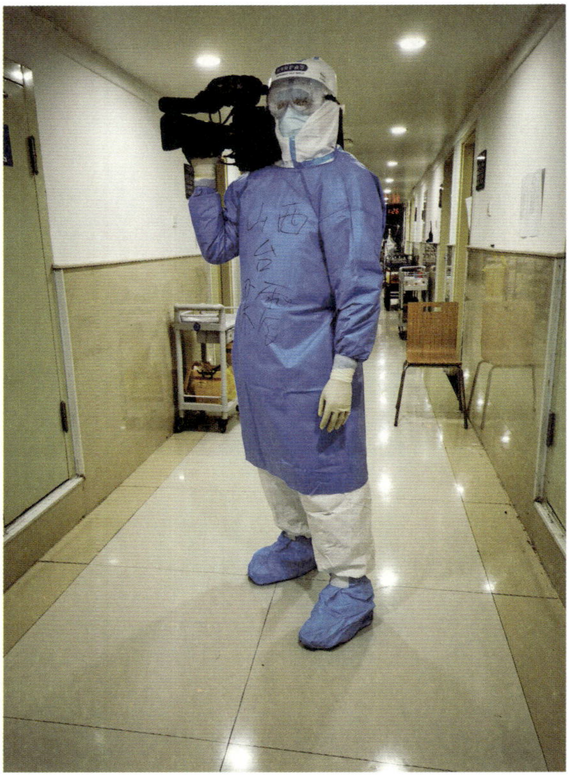

2020 年 2 月 20 日，山西广播电视台记者梁震在仙桃第一人民医院重症病房采访

命，我们伟大的祖国才能取得抗疫的全面胜利。

电视记者必须练就一双慧眼，在医务人员救治患者过程中，善于发现真善美，放大这些感人细节，提高画面的生动性和感染力，传播正能量，这样才能把新闻报道做得更加有温度和接地气。

坚持脑力是核心

疫情暴发初期由于前方信息匮乏，大家急于了解医疗队队员的工作、生活情况，我们必须第一时间把最新信息推送发布到山西各个平台，让观众及时了解疫情防控进展。作为一名电视记者，必须要考虑到大屏和小屏分别适合怎样的拍摄方式，摄像机和手机在不同情况下灵活运用，不断打破思维定式和路径依赖，充分发动脑力，才能制作出适合不同平台播发的新闻内容。不少时效性强的内容在山西广播电视台、“黄河 plus”等新媒体进行首发。其中，《妈妈像太阳》被山西、湖北以及中央和其他地方媒体广泛转发，仅人民网在几小时内点击量就达 73.9 万次，网友纷纷留言：“你们是人间的天使，你们，就是身边的太阳！”

坚持笔力是落点

对新闻工作者来说，笔杆子是基本功，是手中最重要的武器，增强脚力、眼力、脑力，最后都要通过笔力来呈现。电视是一门视听语言，解说词是否与画面匹配，内容是否精准、生动，对整条新闻的可看性起着至关重要的作用。而摄像机就是我手中的这支笔，我拍摄的每一个画面都要让观众一目了然，每一个景别都要真实地说明现场的情况，也为后期的文稿、制作打好基础。用这些组合起来的画面提升新闻的感染力，讲述一个个观众爱看的好故事。

在一线战“疫”的 54 天时间里，我和搭档王一迪组成前方记者组，承担起山西对口支援仙桃、潜江、天门 3 地抗疫的新闻采制工作。山西广播电视台公众号平台刊发了我们制作的 100 余条新媒体作品，《山西新闻联播》播发了 40 余条新闻，其中 4 条被中央电视台《新闻联播》采用。

作为一名共产党员，在特殊时期必须要发挥党员先锋模范作用，以政治坚定、素质过硬、作风优良、能打胜仗的实际行动来践行新闻工作者的使命担当。在未来的工作中，我还要继续保持这种昂扬斗志，积极工作、不断进取，做一名党和人民信赖的新闻工作者！

见证抗疫斗争壮举　记录一线感人故事

辽宁日报社　姜义双

2020年，新冠肺炎疫情给全国人民留下了刻骨铭心的记忆，英勇顽强的白衣战士舍生忘死挽救生命的一幕幕画面让全国人民动容，正如习近平总书记在全国抗击新冠肺炎疫情表彰大会上所说：“广大医务人员是最美的天使，是新时代最可爱的人！”

中国人民在抗击疫情斗争中铸就的“生命至上、举国同心、舍生忘死、尊重科学、命运与共”的伟大抗疫精神是爱国主义、集体主义精神的传承和发展，是中国精神的生动诠释，丰富了民族精神和时代精神的内涵，将不断激励我们在新时代新征程上披荆斩棘、奋勇前进。在武汉50天的采访经历，不仅让我看到了白衣战士的担当、英勇和奉献，也使我真切地体会到伟大抗疫精神所蕴含的强大力量。

在武汉的辽宁医疗队队员有1610人，分别在蔡甸区人民医院、洪山体育馆方舱医院、武汉大学人民医院东院区等6家医院开展工作。辽宁重症医疗队在武汉大学人民医院东院区工作，走进病区，我们看到病房的门框上都粘着黄色的密封胶带，队长丁仁彧告诉我们，这个重症病房是由妇科病房临时改造的。隔离病房不具备负压

辽宁日报社记者姜义双采访辽宁支援雷神山医疗队后，在雷神山医院门前留影

系统，气管插管过程中打开患者呼吸道的瞬间，大量的病毒会喷涌而出，给实施操作的医生带来感染风险。

在隔离病房，每位医务人员都穿着厚厚的防护服隔离衣、戴着面屏和两层口罩，稍一走动，就浑身是汗。早期，天气阴冷，下班出病房，湿透的衣服贴到身上又冷飕飕的，极易感冒；天气热了，衣服一穿上又满身是汗，时间稍长，就会出现缺氧、恶心等不适，严重的直接会呕吐。护士周野平日里喜欢跑步，她说："穿着隔离装备，那感觉就像是戴着双层口罩跑 4 公里。"

在辽宁援鄂医疗队队员中，有的参加过汶川地震救援，有的在 2003 年投身抗击非典一线，有的参加过援藏援疆，有的推迟了婚期，也有许多瞒着亲人。但国家的需要，就是冲锋的号令！尽管疫情艰险，他们依然笃定前行，冲向祖国最需要、人民最需要的地方！辽宁支援雷神山医院医疗队总指挥、大连医科大学副院长兼大连医科大学附属第一医院院长徐英辉，正月初八不幸摔伤，两处腰椎骨折，当接到上级通知时，腰上还缠着护带就奔赴武汉。辽宁方大群众医院的护士徐晓萌是湖北省潜江市人，8 年前嫁到了营口。虽然武汉离潜江很近，但因为怕父母担心，她始终瞒着他们自己来武汉支援的事实。护士李春 12 岁的女儿得知妈妈要去武汉，坚决反对。李春对女儿说：“武汉如果控制不住，咱们整个国家都危险，妈妈是学医的，这是我的职责！”

辽宁援鄂医疗队队员在舍生忘死救人的同时，也表现出顾大局、与武汉人民心连心的担当精神。疫情初期，辽宁医疗队在防护服也很紧张的情况下，依然把带去的防护服分送给武汉同行。中国医大一院将自己带去的 4 台呼吸机送给了同济医学院协和院区，大连医疗队将自己研发的智慧医疗音视频实时互联互通会诊会议系统赠送给了雷神山医院和火神山医院，习近平总书记在火神山医院视察时和前方医护人员视频通话用的就是这套系统。

采访中，经常听到辽宁援鄂医疗队队员说：“危险啊，累啊，这其实都不算什么，只要能把患者从死神手里夺回来，就是最开心的事。如果用尽了各种办法也没把人救过来，才是最沮丧的。”锦州市中心医院重症监护科护士刘芸含是一名“90 后”。一天，病区转来一名“90 后”小伙子，看到病房里抢救重症患者的情景，感到浑身无力，不愿进食，也不配合治疗。刘芸含就耐心地陪着小伙子，反复安慰他，打消他的恐惧，劝他进食，增强抵抗力。小伙子连吃饭的力气都没有了，刘芸含就一点点喂他，帮他翻身、擦身子、清理大小便。试想，一个二十几岁的姑娘，去给患者做这些，她要克服多大的心理压力。我问她害怕吗？她说：“当看到患者病重的样子，就只想着快点把他救过来，根本顾不上害怕！”

习近平总书记在全国抗击新冠肺炎疫情表彰大会上指出：“人无精神则不立，国无精神则不强。”作为一名新闻工作者，经历了抗疫斗争的洗礼，目睹了白衣战士以生命护佑生命的壮举，在我心中，这是一笔无比珍贵的精神财富，必将激励我在今后的工作中积极践行“四力”，深入一线，笔耕不辍，多出好作品，以实际行动弘扬中国人民的伟大抗疫精神！

在武汉的第一次流泪

吉林日报社　李晓静

2020 年 2 月 15 日至 3 月 31 日，我和吉林省融媒体武汉报道组的 7 名同志在武汉负责新闻报道工作，成为打赢武汉疫情防控阻击战的见证者、记录者。

虽然已经过去了数月，但每次想起那段经历都恍如昨日、历历在目。新冠肺炎疫情突如其来，对于医务工作者来说是一次挑战，对于新闻工作者来说也是一次严峻的挑战。

面对未知，众多的新闻工作者也同医务工作者一样，冲到了疫情的最前线。吉林省融媒体武汉报道组的 7 名同志主动请战前往武汉，其中多人有赴汶川采访、援藏、援疆等经历。

华中科技大学附属同济医院中法新城院区是吉林省医疗队工作地点之一，我们报道组驻地宾馆与这所医院只有一街之隔，房间的窗户正对着医院的发热门诊区。

尽管我们深知有生死的地方就是战场，但是初来武汉，还是时常被看到的情景震撼。当时正是疫情最为严重的时候，不断有救护车往医院送患者。写稿至深夜，偶然一抬头，仍然能看到救护车的顶灯闪烁不停，不禁为那些正在接受救治的患者揪着心。

平复心情，我继续写稿。

“您是吉林日报记者李晓静吗？我是吉林省通信公司……”吉林省通信公司为了方便报道组同志开展工作，给我们开通了绿色通道，打电话的是一名女同志。

吉林日报社记者李晓静在雷神山医院

“你们在武汉工作，一定要注意安全，平安回来！”最后，她叮嘱我说。远隔千里，我明显感觉到她在电话那头哽咽了。

拿着电话，我的眼泪唰地流了出来……那是我在武汉第一次流泪。流泪不是因为恐惧，是因为感受到了来自身后素不相识的人们的鼓励和关注。

写稿至深夜，第二天早晨，报道组 7 名成员一个不少地在采访车前集合，奔赴新的采访地点。

本来眼窝子就浅，记不得在武汉时流过多少次眼泪。看到医务人员舍生忘死，以生命护佑生命时，我流泪了；家人已经做了最坏打算，但医务人员不放弃，80多岁的患者出院连说“谢谢”时，我流泪了；武汉市民追赶医疗队离开的大巴，送了一程又一程，我也流泪了……

2020年12月初，因为工作关系我又一次前往武汉。在飞机即将落地的那一刻，我的心突然跳动得很厉害，那是一种即将与久别的亲人重逢的感觉——笑着，泪流满面……

奔赴武汉，既是大战，也是大考，报道组成员充分践行“四力”，全体成员46天无休，通过各类报道形式播发新闻报道7500余条，多篇报道被多家主流媒体转载，发出了强有力的吉林抗疫声音，交上了一份合格答卷。

记者是时代的记录者，也是见证者和建设者，作为一名新闻工作者，我深以我的职业为荣。因为离现场近，离人民近，所以，我们更能感受到时代脉搏的强劲跳动；也正是因为这份责任和热爱，我们的脚从未停歇，我们的心更加丰盈壮阔。

永不退缩的战士

黑龙江广播电视台　何晓艺

2020年春节，当人们还沉浸在团聚的喜悦中时，一场突如其来的疫情，打破了平静祥和的假期。

1月27日早上，我反复翻看前一晚就写好的请战书，我知道刚刚做完手术出院的丈夫和面临中考的女儿这个时候最需要我，反复思量，难以决断。但面对这样的大战役，作为一名新闻工作者，如果我缺席了，肯定会终生遗憾，于是我坚定按下了请战书的“发送键”。同一时刻，全台共有70多名同事都递交了申请，那一刻，我为自己是其中一员而骄傲。

27日晚，我与黑龙江省首批医疗队队员并肩兵发武汉。在前线，我们每一个人都必须独立承担起摄像、撰稿、编辑、传输等通常需要多人配合才能完成的工作。面对陆续抵达的1000多人的医护团队，如何能够迅速地掌握大量的信息源和新闻题材？我选择用脚步丈量医院的每一个角落：每天我都会和医护人员一起上班、开早会、查房。为了全景展示抗疫的艰辛，我完整地拍下医护人员的每一个细节：流淌的汗水、压出血印的脸颊、磨红泡肿的手臂……

我的手机里现在还留着一位康复患者出院当天拍摄的素材：“王主

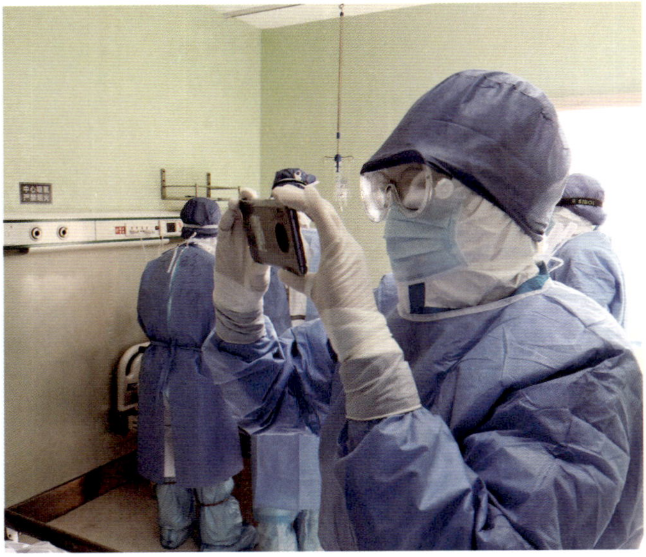

黑龙江广播电视台记者何晓艺在武汉市第一医院隔离病房采访

任，我遗书都写了，把病历翻到最后，给儿子写的……这病历还在我包里放着呢，遗嘱啊！”医生：“这个再过几十年再用吧，先不着急。”这几句看似轻松的话，在我心里却是沉甸甸的。这位写遗书的患者是协和西院5楼重症病区收治的第一批患者，当初从救护车上被抬下来的时候，靠吸氧维持，一度以为自己危在旦夕。黑龙江省援鄂医疗队的医护人员不仅为他制订治疗和康复方案，还在精神上给予他支持，每天把配发给医护人员的水果、牛奶等营养品送给他增强体质。在医护人员的共同努力下，3月7日，他终于要出院了。出院之前，他一定要和主治医生一起把名字签在病房墙上，并和医生相约未来一起看樱花。

我们每天都在跟踪拍摄，用眼睛去发掘病房里一个个感人的瞬间：98岁奶奶康复出院当天，医护人员给奶奶穿衣梳头打扮的时候，由于耳背一直沉默不语的奶奶突然咧着没牙的嘴笑呵呵告诉医护人员：“漂亮！”还有给医护人员偷偷画画，粘贴在病房门口表示感谢的同病房患者……太多这样的难忘记忆，保存在我的胶片上，定格在我的新闻中。52天中，我27次进入隔离病房，我们黑龙江广播电视台报道团队在媒体矩阵发稿400多篇，其中29个重点报道在央视

《新闻联播》《焦点访谈》等栏目播发，为抗疫斗争营造了积极奋进的舆论氛围。

当医护人员开心地拉着我的手说"昨天我妈在电视上看到我了，她特别高兴"的时候，我在想，如今微信这么便捷，和家人视频报平安其实挺简单的，为什么在媒体上看到自己会让医护人员这么开心？后来，我明白了，那一刻，我们代表的是党和国家对这些辛勤付出的医护人员工作的肯定和鼓励，我们代表的是亿万百姓对医护人员的关注和期盼。那一刻，我深深感到，我手中的镜头和文字与医生的听诊器、呼吸机一样，都是这场抗疫战斗中不可或缺的武器。

在武汉，有一份“安徽温度”

安徽广播电视台　朱明辉

2020 年 2 月中旬，我跟随安徽省援助湖北医疗队到达武汉，带着摄像机、话筒，带着采访本、笔和善于倾听的耳朵，记录在武汉的所见所闻，将一路拍下的惊心动魄和感人瞬间，采制成电视屏幕上温暖的新闻画面。而一方小小的屏幕却难以展现我看到、感受到的全部。

1 月 27 日，安徽省第一批援助湖北医疗队在安徽省卫生健康委机关大楼前准备出征。

“今天出征的有多少人？”我问安徽省卫生健康委医政处负责人，“具体数字谁也不清楚，再等等吧！”报名参战的人很多，有的一再主动要求，具体数字一时间难以定论。100 多名勇士从安徽四面八方赶来，不计生死，这是安徽的力量。

20 多天后，我也随队出征武汉，在武汉太康医院采访皖南医学院附属弋矶山医院重症医学科副主任医师姜小敢。太康医院是一所民营医院，面对突如其来的疫情，人手严重不足。姜小敢便带头组织建立院感防控、组建临时 ICU。在姜小敢和队员的持续努力下，60 多名危重患者被他们从死神手里拉了回来。

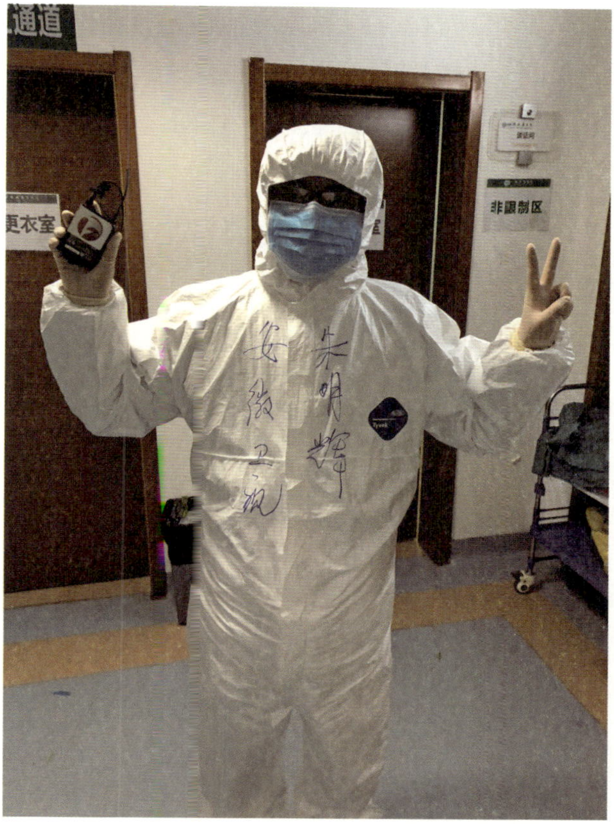

安徽广播电视台新闻中心记者朱明辉在武汉太康医院采访

“害怕不害怕？”我问他。

“我教你个方法，让自己忙碌起来，一忙就忘了害怕。”他答非所问。

就是这样的勇敢、这样的不计生死，才有了武汉保卫战里，铮铮的“安徽力量”“安徽温度”，他们穿上白衣，用勇敢裹起自己并不强壮的身躯，向强大的病毒宣战。

在医疗队，谢大姐的唠叨是出了名的。谢大姐是院感防控专家、中科大一附院院感办主任谢少清。从第一批到第八批，1362人，谢大姐教过每个队员穿防护服，细致检查过安徽医疗队所在医院的每个角落。“防护服在嘴边的地方，最容易暴露，也是最容易忽视的地方，这里一定要穿好，记住我的话，锁住温度，挡住病毒。”在第八批医疗队培训的现场，她一遍遍念叨，近100名队员，她一个一个仔细检查，过关才算完事。“送你们上战场，防弹衣要穿好，都给我平安回来！”人近中年，听到这话，不禁想起家里盼我平安回去的老母亲，我顿时鼻子一酸。

不管是安徽队员战斗的地方，还是其他医院，谢大姐看到哪里院感防控做得不好，就主动要求帮忙，在她眼里，所到之处都是生命。有这样的医者仁心，温暖必定会传到更远的地方。

“再让我多待一会儿，多拍一点吧！”

福建省广播影视集团　艾迪

2020 年 9 月 8 日，全国抗击新冠肺炎疫情表彰大会在北京人民大会堂隆重举行，大会颁发了国家勋章，授予了国家荣誉称号，表彰了全国抗击新冠肺炎疫情先进个人、先进集体代表。在先进个人代表中，我作为福建新闻媒体唯一受表彰的先进个人忝列其中。

“请让我到最前线去！”

2020 年春节以来，新冠肺炎疫情牵动着全国人民的心。作为一名新闻记者，从疫情暴发第一天起，我就渴望着能够冲上抗击疫情的最前线，和医护工作者并肩作战，记录每一步进展、每一个故事、每一份感动，直至这场战役最后胜利。这是我们的职责，更是时代的使命。

抗击疫情，服从指挥、科学调度是首要，新闻报道工作也同样如此。从 1 月 23 日开始，福建省广播影视集团打破常规，调集采访力量，全面投入防控疫情宣传工作中。那两天，正好是我在融媒体资讯中心采访部值班的时候，看着愈演愈烈的疫情，以及从中央到地方、从大屏到小屏不断增加的新闻报道，许多同行与医护工作者一起“逆行”到抗击疫情的第一线……我心里急，多次申请到武汉、到湖北、到隔离病区一线采访。但考虑到疫情暴发初期太多人到一线可能给医疗工作造成负担，所以领导没有批准我的申请。

1 月 31 日早上，集团得到了福州收治确诊患者定点医院采访拍摄的许可，融媒体资讯中心领导电话征询我的意见，讲明有风险。我一接到电话，跳起来，连声说：“我去！我去！”生怕这个机会转瞬即逝，这是我盼望已久的电话。

时间紧迫，我立即联系了几位当初一同请战前往湖北一线的同事，希望组成采访小组，5 分钟不到，全都得到了肯定的回应。当天下午 2 点，我和同事赵健、兰万境组成的报道组来到福州肺科医院 7 号住院楼，与我印象中的医院大楼不同，整个肺科医院院区静悄悄的，几乎没有进出的患者，只能看见些许医护人员来来往往的匆匆身影。肺科医院隔离病区在 5 楼，进入这里之前，要进行十分严格的防护措施。一层隔离裤、一层鞋套、一层头罩、一层隔离服，这只是一级防护；还要再穿上全封闭的连体隔离衣、套上厚厚的靴套、把口罩系在头套里，再戴上护目镜，这才算是二级防护。即使是这样，出于安全考虑，院方也只允许记者进入医护人员通道，也就是潜在污染区拍摄采访。整个采访前的准备过程，每个人都花了近 20 分钟。

6 层隔离门，每进入一层就更靠近病毒，但我原本紧张的心情却逐渐放松，因为我看到了医护人员极强的安全防护意识，跟他们在一起，我觉得很有安全感。那天，福州肺科医院收治着包含福建省第一例确诊病例在内的 32 位患者，其中 2 例危重病例。从病房通道走个来回，我发现除了危重患者外，其他患者看上去状态还不错，

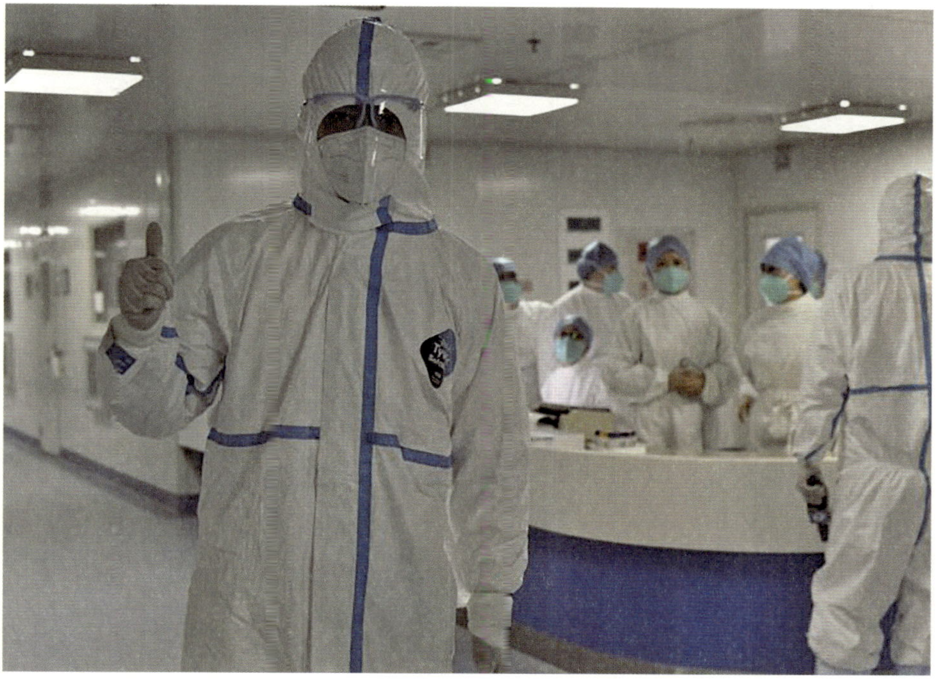

福建省广播影视集团记者艾迪在福州肺科医院隔离病区采访

他们有的坐在床上刷着新闻、有的在听音乐、有的友善地隔着玻璃窗向记者挥手。隔离病房之外，气氛显得更加凝重一些。医生忙着研究病历，护士密切关注着患者情况。当时，在隔离病区一共有 8 名医生和 34 名护士，他们中多数人都有过抗击非典和 H1N1 的经历，具有丰富的临床经验，但是新冠肺炎的复杂性和不断增加的病例数，对他们来说依然是非常严峻的挑战。下午 5 点，2 号床的危重患者需要翻身，而就是这样一个听起来简单的工作，却需要 6 位医护人员用整整 2 个小时才能完成。隔着玻璃窗，我能够清晰地看到，他们的护目镜上满是雾气，相信防护服下也一定被汗水浸湿了全身。

在隔离病区的采访拍摄，每一分钟都十分宝贵，因为时时刻刻都在发生着新闻。按照报道组分工安排，我出镜报道，寻找新闻点，赵健进行同期声录制，摄像兰万境则始终把目光深嵌在寻像器中，不停地拍摄，生怕错过任何一个细节。

下午6点，一位护士工作了近6个小时，准备换班。仅仅是脱去防护服就需要30分钟，每进行一步动作，都要做一次手部消毒，而脱下防护服也十分讲究，要小心再小心，不能让污染面碰触到身体。当这位护士走到清洁区，她告诉我们，每天进入病房前2个小时，她们就不再喝水了，因为穿上防护服就不能上厕所。一个班原本是4个小时，许多人都工作到了6个小时甚至更长时间，原因只有一个，防护服脱下来就不能再用了，她们舍不得。面对镜头前的一切，我们更多想到的是：“再让我多待一会儿，多拍一点吧！让我把我看到的、听到的、感受到的毫无保留地传递出去，让更多人听见、看见，感同身受。也许这样，我们更没有理由惧怕病毒与疾病，因为，有一群人正在为我们负重前行。”

习近平总书记说：“世上没有从天而降的英雄，只有挺身而出的凡人。”2020年春节，战斗在一线的医护工作者大都是在隔离区度过的，回家对于他们来说是奢侈的事情。在采访中，报道组记录下许多感人的小故事：医生吕骁可爱的双胞胎儿子给他拍摄的祝福视频、元旦刚刚结婚的“95后”护士雷婉秋在进入隔离病区前一晚发现丈夫在偷偷哭泣、平时最爱美的护士许燕灵给我们展示了她因为频繁消毒而皲裂的双手……直至被允许带入隔离病区的所有电池耗尽电量，我们才依依不舍地结束了采访。那时已是夜里9点，紧紧握着珍贵采访素材的一行人反复进行消杀后立即赶回单位。在单位，同事们已经为我们准备好了“特殊通道”和“隔离编辑机房”，让我们可以马上对素材进行后期制作。第二天，两条沉甸甸的“记者首次探访隔离病区”报道准时与电视观众和网友见面，引发了热烈反响。

而那时的我则反复思索，作为一名记者，还能为抗击疫情再多做点什么？

“铁肩担道义，妙手著文章”

这次采访之后，我成了肺科医院隔离病区的“常客”。2009 年援川、2010 年援藏、2012 年驻台和每年抗击台风等突发事件、自然灾害等采访经历，让我的单兵作战和团队作战能力再次有了用武之地。一个个医患之间的生动故事，都记录在我们的镜头之下，除了在新闻中播出，我们还制作了大量新媒体作品在互联网上让更多人看见。

在这场战“疫”中，福建共派出了 1393 位医务人员奔赴湖北武汉、宜昌等地开展医疗支援，我积极联系湖北电视台、武汉电视台和宜昌电视台同行，共同制作了《我在武汉战疫情》《我的战“疫”》等新闻、专题、纪录片等多种体裁报道。为了能够突出展现福建省援鄂医疗队在湖北一线感人的抗疫故事，我精心选取了多位医疗队队员的典型代表，想方设法与他们取得联系，收集新闻素材。福建省人民医院的“90 后”护士高晶就是其中一位。在报道组精心策划下，我从高晶乘坐动车赴鄂开始，就全程辅导她进行视频和图片的采集，但这要在尽量不影响医护人员工作和休息的前提下开展，所以约稿必须精准有效。就这样，在 1 个多月的时间里，高晶向采访组发来了多段短视频和图片素材，我们对这些宝贵素材进行了加工整理，再辅以朋友圈截图、音效、配乐等二次创作，制作出了一条 7 分钟的短纪录片《我在金银潭》，由高晶本人解说配音，在平实的记录中传递着“生命至上、举国同心、舍生忘死、尊重科学、命运与共”的伟大抗疫精神力量。

4 月以后，疫情相对缓解。我将工作重心转入关注福建各行各业复工复产报道中，每天奔走在项目建设、工厂车间、春耕造林的新闻现场。我负责报道的福鼎开茶大型直播活动，是疫情后福建复工复产第一次大型活动。我带领采访组提前 1 个月进行策划，先后 4 次赴福鼎农村和企业进行深入踩点调研，了解茶农和茶企在疫情影响下遇到的困难和渴望实现的诉求。这场直播全长 115 分钟，穿插 10 条新闻短片，从脱贫攻坚、品质管控、产业领军、文化传承、工业旅游和电商创新等多个维度，把福鼎白茶产业近几年的发展成果全方位呈现了出来，提振了种植、生产和消费市场等多个领域的信心，推动福建茶业复工复产。作为一名新闻记者，看到通过媒体的力量让农民们有了实实在在的获得感，让我无比欣慰。

从北京表彰大会回来，习近平总书记说的那句“为了保护人民生命安全，我们什么都可以豁得出来”时常回响在耳边。我在想，对于一名新闻工作者来说，生命的意义是什么？就是当战“疫”号角吹响时，我们义不容辞冲锋在前，传播温暖、接力希望、带来力量，这是热爱，更是天职——“我们是人民的新闻记者，我们记录这时代，更记住这时代。”

“去一线”是记者出发的号令

海南广播电视总台　郭瑶

出发去湖北前，部门给我的任务是每天必须保证湖北前方至少有一条新闻能在海南广播电视总台当晚节目中播出，虽然数字是1，但是任务其实并不轻。电视新闻记者在前方需要完成确定选题、联系、沟通、拍摄、写稿、编辑、回传素材等工作。面对一条又一条必须报道的疫情一线重磅新闻，我们必须争分夺秒抢时间。可以说，在湖北近40天的报道工作中，每一天都在爬坡、过坎、打硬仗。

2020年2月21日，在到达洪湖市的第一个晚上，处理好当天要播发的新闻后，我开始思考进入洪湖市第四人民医院隔离区拍摄的问题。晚上7点半，十几通电话后，终于了解到隔离病区的每一层都有一部公共手机，并且确认隔离

抗疫结束后，海南广播电视总台记者郭瑶（右）和同事在武汉大学樱花下最后一次出镜

区有电脑、网络和数据线，也就是说记者可以在不添乱的情况下进入病区采访。获得准许后，第二天，我们在隔离病区利用每个楼层配备的工作手机开始采访。还没进病房，我就听到了一个底气十足又略带沙哑的声音说：“明天的早餐能不能给我双份！”多好的胃口啊！我心里想，这真是一句精彩的现场声。这个人是老张，别看他现在精神头很好，刚被送进医院时他连续昏迷多日，一度达到危重程度。接受采访时，老张多次攥紧拳头放在胸前信心满满，那种坚强的力量即便隔着电视屏幕也没有丝毫减弱。除了信心还有感动，老张的病友老李在出院时面向仅有一人的护士台深深鞠躬，才安心离开。

不走进一线就没有这些鲜活的故事。很快，《海南新闻联播》根据老张和老李的故事推出了纪实报道，标题是两句话：一句是医护人员对患者说的“你有信心，我们也有信心”，一句是患者对医护人员说的“我看不清你的脸，但记住了你的名”。

我进入隔离病房采访，起初大多数医护人员是反对的。作为医护人员，那时他们最重要的职责是确保不让更多人被感染、冒风险；而作为记者，我们的职责是将更真实的情况带出闭塞的隔离区，传播给千家万户。因为互相理解，所以通力合作。我们每一次采访的成功，都离不开医护人员的支持与护航。

在疫情报道中，我们还采编了很多紧扣时代主题的特写稿件，如《海南抗疫红色娘子军》《“琼”尽全力　交付“春天”》《谢谢你战“疫”中的平凡人》，还推出了特别策划《新时代最可爱的人》，通过分别讲述“70 后”“80 后”“90 后”“00 后”4 位在湖北抗疫一线医护人员的工作故事，展现海南医护人员昂扬的精神面貌和精湛的医疗水平，向全国、向全世界展示来自抗疫一线的湖北信心、海南信心和中国信心。

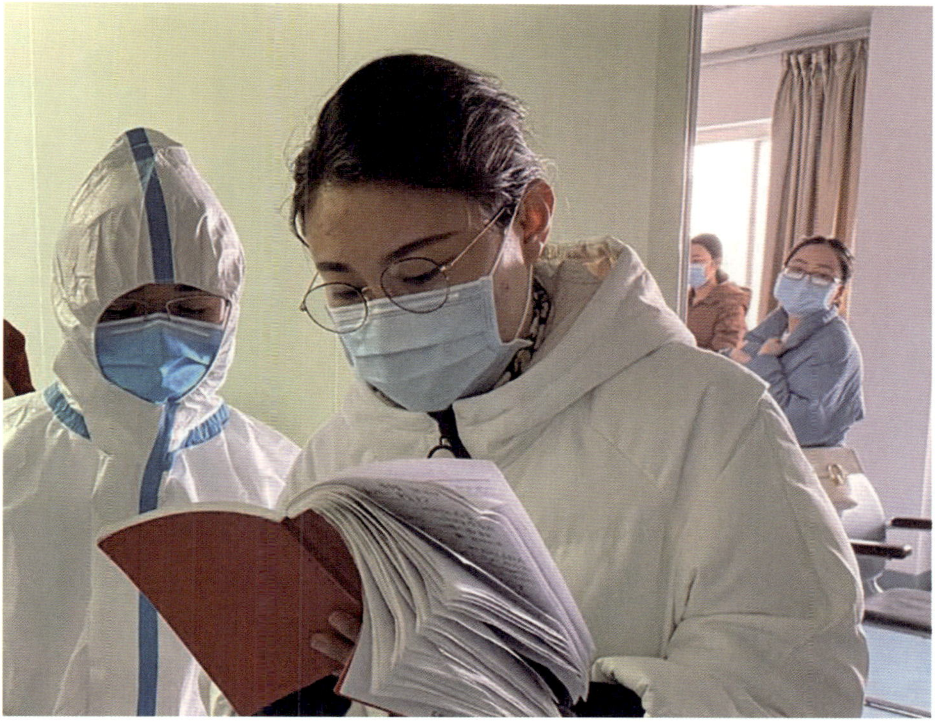

海南广播电视总台记者郭瑶（左二）在抗疫一线采访，向医护人员了解情况

我们常说，记者是时代的记录者，但今天我们应该对自己提出更高的要求。奔走在新闻一线，与最广泛的群众打成一片，了解他们的精彩人生和非凡旅程，我们不仅要做时代的记录者，更要做时代精神的挖掘者、讴歌者。在这个风云变幻的时代，书写属于中华民族的时代精神。

生命中那道光

贵州日报社 刘丹丹

2020 年，从大雪纷飞到春暖花开，从贵州到鄂州，那些出现在我生命中的温暖和感动，就像一道光。这道光，是出生 55 天的乐乐，无数人为这名全国最小新冠肺炎患者加油；这道光，是奔走在贵州雷山扶贫战场、又病倒在鄂州雷山医院的刘韬的责任之光，贵州人民为之牵肠挂肚。

乐乐，是我采写的报道《写给新冠肺炎全国最小治愈患者的生命日记》的主角化名。这个出生仅 55 天的孩子，2 月 3 日确诊感染新冠肺炎，是当时全国年龄最小的新冠肺炎患者。

当时，报社赵国梁主任提议把孩子治疗的点滴写成日记。我眼睛一亮，觉得这个主意不错，既是日记，又是新闻。

每天，我和乐乐的医生电话聊天，一起关注治疗过程中看似平常却很有新闻价值的小事儿，写进一篇篇有爱有泪的“生命日记”里。

2020 年 2 月 15 日，乐乐治愈出院，她也成了当时全国最小的新冠肺炎治愈出院患者。

我将整理好的医生护士写的回忆录和我的 14 篇“生命日记”一并在乐乐出院当晚刊发在“天眼”新闻客户端。报道刊发后，很多读者

贵州日报社记者刘丹丹（右）在鄂州采访医护人员

说自己边看边流泪，为这份特殊的生命礼物加油，为医护人员点赞！

2020 年 2 月 12 日下午，我接到出征湖北的急令——马上出发，前往鄂州。鄂州一直是湖北省医护压力最大的地级市，对记者来说，那里就是真正的“战场”，要做好随时冲锋的准备。

在这里，我对一位患者印象非常深刻。他叫刘韬，一个地地道道的湖北鄂州人，在北京工作。自 2018 年 5 月开始，刘韬在贵州黔东南州雷山县丹江镇脚猛村担任驻村第一书记，助力贵州脱贫攻坚。春节前，刘韬从雷山县回到湖北鄂州老家，全家不幸感染新冠肺炎。巧合的是，刘韬、刘韬的父亲和儿子均在贵州医疗队成建制接管的鄂州雷山医院住院治疗，刘韬妻子在贵州医疗队负责的鄂州市中心医院重症病房接受治疗。

贵州与鄂州，雷山县和雷山医院，被冥冥之中的缘分联系在了一起。

2月27日晚上，我得到了这条新闻线索。第二天，就迫不及待地采访了刘韬、贵州医疗队的主治医生以及刘韬帮扶的脚猛村村民。

采访后才知道，这位被村民们亲切称呼为“刘北京”的年轻人已经驻村两年了，以苦干实干换来战贫硕果，脚猛村人均可支配收入2018年破“万元大关”，实现了整村脱贫出列的目标任务。2018年、2019年，刘韬连续两次被黔东南州委、州政府授予“脱贫攻坚优秀驻村帮扶干部”荣誉称号。这不正是“战贫战‘疫’，决战决胜”的真实写照吗?

采访当天，我没有急着动笔，想到一些细节，隔天又再次采访了刘韬，才写下了《你帮贵州战贫，我们帮你战“疫”！他在鄂州雷山牵挂贵州雷山》。这是一组系列报道，持续追踪刘韬一家被贵州医疗队治愈，以及刘韬倾情、倾力帮助贵州脱贫的全过程。

“战贫”和“战‘疫’”两个重点宣传主题交织呈现，湖北和贵州两地群众纷纷留言，点赞贵州医疗队、点赞刘韬。他就像一根纽带，连紧了湖北和贵州的“亲情”，也生动阐释了“生命至上、举国同心、舍生忘死、尊重科学、命运与共”的伟大抗疫精神。

这次参与抗击疫情的采访报道，一共66天，我战斗在一线，采写300余篇报道，目睹了当病毒突然袭来，人民生命安全和身体健康面临严重威胁时，何为人民至上、生命至上。以前，我认为国家很强大、个人力量太渺小，可当我亲眼看到，一个个渺小的“我”，最终凝聚成坚不可摧的力量——“我们”；一道道微弱的光，最终汇聚璀璨闪亮，在抗击疫情的战场上，保卫国家；在脱贫攻坚战场上，惠及人民。

有国，才有家。

能参与这场抗击疫情的战斗，我无怨无悔。

武汉一线战“疫” 见证“滇鄂”情深

云南广播电视台 马志军

24 小时内集结完毕、48 小时内抵达抗疫前线，2020 年 2 月云南 5 支医疗队一夜成军，先后抵达武汉。云南援鄂医疗队武汉记者组一共 4 人，我是组长，是电视台出镜记者；李锋，是从业 20 多年的摄像记者；熊强，是云南网文字记者，在武汉他每天至少要写 3000 字的稿件，我们叫他“熊三千”；陈飞，是云南日报社摄影记者，在武汉每天至少拍摄 800 张照片，我们叫他“陈八百”。

武汉优抚医院隔离病房里大都是老年重症患者，还有危重症患者。云南医疗队员把病人当亲人，1 个多月里，30 多名患者陆续治愈出院。3 月 21 日，76 岁的重症患者余大爷，经过 1 个多月的治疗要出院了。他不停念叨：“我舍不得你们，谢谢云南医疗队。”他是云南援鄂医疗队最后一名治愈出院的患者。我们记者组 4 人穿着厚重的防护服，垫着成人尿不湿，在隔离病房里 5 个多小时滴水未进，通过电视、网络等平台第一时间向云南发回报道：“云南援助湖北医疗队救治的最后一名患者康复出院，云南医疗队光荣完成使命。”

值完最后一班岗已是晚上 9 点多，原本记者组可以和先行医疗队一起提前撤离，但为了后续医疗队的报道工作，我们选择了坚守

云南广播电视台武汉记者组到武汉国贸方舱医院采访云南援助湖北第二批医疗队队员

岗位。离开武汉的前一晚，我们再次路过汉口火车站，心中感慨颇多，录下了一段视频：“报告云南，云南省第七批援助湖北省医疗队队员圆满完成最后一班岗，现请求归队！”经过 1 个多月的武汉战“疫”一线报道工作，大家都瘦了，我瘦了 13 公斤。

在 1 个多月的时间里，我们记者组先后 20 多次到多家医院采访，其中有武汉最大、收治患者最多的江汉方舱医院、有疫情重点医院武汉中心医院，还有收治重症患者最多的同济医院光谷院区等。记者组进入疫情“红区”150 多次，有一半是在病房区。由于时常与医生和病人接触，少吃、少喝、憋尿已经成为我们工作的常态。在武汉，目之所及皆是感动，为了能多报道一条新闻，我们每晚只睡四五个小时。为了拍摄武汉国贸方舱医院休舱，陈飞和李锋连续两个通宵值守在方舱医院。

离开武汉时，驻点酒店附近的居民用床单、沙发垫做了送行的标语，感谢云南的逆行英雄，市民和医疗队队员相拥告别，泣不成声。

作为记者，我们见证了云南群众献 80 万毫升“爱心血”、24 小时驰援武汉的奇迹，这样血脉相连的感情怎能不让人动容？我们也见证了云南援助湖北武汉 5 批医疗队 638 人共治愈患者 612 人，完成“一人救一人”的使命。“武汉胜则全国胜！”再次途经汉口火车站已是离别时，武汉江汉区一位联络员抱着我说：“云南记者太拼了！云南记者好样的！”他在我的防护服上留下了一首离别诗：“战‘疫’在一线，即将离别行，永远亲兄弟，难舍滇鄂情！”

由于工作突出，云南前方指挥部推荐我们记者组为三等功，我们 4 人商量后决定把名额留给医护人员，因为他们才是最可爱的人，我们只是做了新闻工作者该做的本分事。这就是我们云南援鄂医疗队武汉记者组，一支不为名利、无畏生死的新闻铁军，也是一支“若有战、召必回、战必胜”的记者特种兵。

职责篇

在抗疫中擦亮初心

人民日报社　程远州

我是人民日报社湖北分社卫生系统的“跑口记者”，从 2019 年底，我就开始关注报道疫情动向，在武汉完整经历了这场波澜壮阔的抗疫斗争。现在回顾起来，抗疫战就像一堂刻骨铭心的现实党课，让我在伟大抗疫精神的洗礼中擦亮了一名党报记者的初心、一名共产党员的初心。

在全国抗击新冠肺炎疫情表彰大会上，当听到习近平总书记说“世上没有从天而降的英雄，只有挺身而出的凡人”时，我忍不住流泪了。危急时刻，又见遍地英雄。在报道武汉保卫战时，我见到了太多太多英雄，奔赴一线的医护人员、自发组织接送医护人员的志愿者、24 小时守护居民的社区工作者、筹集物资的市民……他们平时或许只是默默无闻的“小人物”，却在疫情肆虐的危急关头爆发出极大的勇气，散发出耀眼的英雄气概。他们说不出冠冕堂皇的话语，也不掩藏身为普通人恐慌、担忧、悲痛的情感，但在危急时刻却创造出许许多多英雄壮举，给人最多的感动，最温暖的力量，构成了这场伟大抗疫战争的温暖底色。

其中，让我感触最为深刻的，就是奋战在各条战线上的共产党员。在武汉疫情肆虐、市民无助的时刻，他们率先挺身而出，充当不计报酬、不论生死的先锋，在最辛苦、最劳累、最危险的前线，用勇气和智慧为抗疫将士们作出了表率。

每一名党员都是一面旗帜

2020 年 1 月底，武汉保卫战最为艰难的时期，人民日报策划了 3 篇一线探访报道，分别关注医护人员、社区工作者和一线党员这 3 个群体。在《我是党员我先上！》这篇报道中，我采访了火神山医院、雷神山医院建设工地的党员突击队。当时，两个医院的建设正处于攻坚阶段，在全国人民“云监工”的情况下，工地上彻夜灯火通明。这里，承载着千万武汉市民抗击疫情的希望。

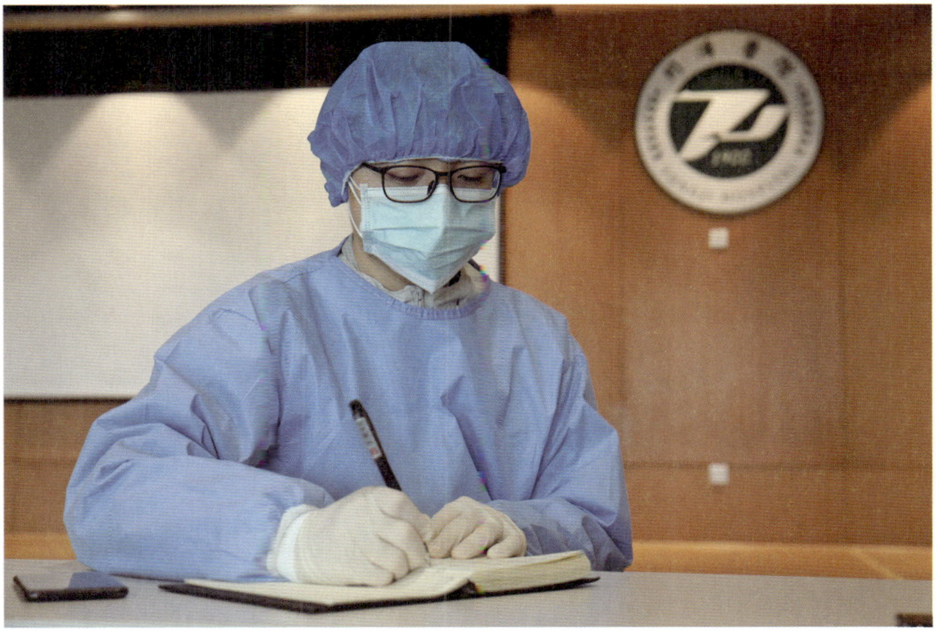

人民日报社记者程远州在武汉同济医院光谷院区采访

1 月 31 日凌晨 1 点，火神山医院工地党员突击队队长张正林接受采访时，一开口嗓子是哑的——因为大量的指挥调动工作，他已经一天一夜没有休息了。他带着突击队员们按照工种分成 8 个小组，24 小时鏖战，是工地上最热血的“拼命三郎”。我带着很惭愧的心情采访了几位突击队员，因为我的采访，让他们极为有限的休息时间又减少了。

对张正林的采访还不到 10 分钟，他就被一个电话叫走了。临走时他对我说，这里每一名党员都是一面旗帜，采访谁都一样。

平凡人也能成为真英雄

工地上的党员突击队中，还有不少农民共产党员。来自武汉市黄陂区的黄坤就是一名农民工，大年初一，接到雷神山医院建设紧急征招工人的消息后，黄坤顾不上和家中的年迈父母和妻儿细说，便着手召集村里和武汉周边地区的几个务工兄弟，立即奔赴项目工地。

我问黄坤，这个时候很多人都想着往外躲，你们几个已经回老家的怎么还敢回城里来？这个粗犷的汉子说：“虽然我只是个农民工，但我也是一名共产党员，这时候党员不站出来谁还能站出来？”

在疫情中，我采访了很多冲在一线的党员战士，他们的故事总是那么独特而又相似。独特的是，在各自战场奋勇拼杀的他们，每个人都承载着父母的担心、爱人的牵挂或者孩子的期盼，有这样那样的担心和焦虑；相似的是，他们每个人都凭着一腔血勇义无反顾，他们有的不过是“共产党员”这一身份的加持。

面对凶猛的疫情，没有人生而英勇，只是选择无畏。而事实也反复证明，平凡人也能成为真英雄。

始终把人民放在第一位

2020 年 2 月 3 日，在武汉市汉阳区江欣苑社区，我见到了几年来我曾多次采访过的社区书记胡明荣，这位年过 60 岁的老大姐跟我掏心窝子说："这几天我偷偷哭过好几次，号啕大哭，然后擦干泪还得冲上去，居民们一天看不到我就不安心啊！"那时候，社区防疫物资奇缺，胡明荣每天上门入户，送菜送药，只戴一个一次性的口罩。我看了非常心酸，别人不知道，这个老大姐半年前刚做完肿瘤手术。

在武汉抗疫中，我去了很多个社区采访。社区肩负着疫情防控关口前移的重任，是群防群控的"第一道关口"。对需要送往发热门诊和定点医院进一步检查治疗的居民，要及时帮助预约就诊，并负责协助转运。像胡明荣这样的社区党员干部，遍布武汉三镇。

习近平总书记指出："抗疫斗争伟大实践再次证明，中国人民所具有的不屈不挠的意志力，是战胜前进道路上一切艰难险阻的力量源泉。"在武汉采访时，我常常被党员先锋们将个人命运、集体荣辱、国家安危融为一体，坚韧不拔、拼死顶住的精神感动。这种遍地英雄视死如归的场景让我深刻感受到举国同心携手抗疫的团结伟力，也更加深刻地体会和理解党执政为民的一片赤诚和始终把人民生命安全和身体健康放在第一位的坚持。

艰难中书写伟大民族当代史

每个人的责任担当，汇聚成磅礴的力量，成为打赢武汉保卫战、湖北保卫战的坚实依靠。在病毒肆虐的武汉，这种力量坚定而温暖。

3月初，我去采访刚从隔离病房轮岗休息的医生蔡毅。我问他：“你是疼痛科主任，为什么会第一时间报名支援发热病区？”“这是我们的战场，我们上阵理所当然。”他反问我：“遇到这种事件，你们记者不也嗷嗷叫地冲上去了吗？更何况我还是党员！”

那一刻，我尝到了信仰的味道。是啊，抗疫战也是一场舆情战、信心战，疫情下的武汉，也是我们新闻人的战场。在抗疫报道中，记者无时无刻不直面初心和使命，话语权也是重大责任，我们必须考虑如何才能对得起这个职业，担得起“党报人”的身份。

2020年1月至3月，人民日报社先后派出60多名记者赶赴武汉，我们坚持一切报道围绕抗疫、一切报道为了人民这个根本点，深入一线记录浴血奋战的英雄事迹，用一篇篇稿件、一个个镜头为抗疫助力。在我们前方报道组，也成立了一个党员突击队。

在疫情中，那些直面艰难，替众人负重前行的人，托起了我们民族的脊梁，作为年轻党员，我们要做的，就是努力成为其中一份子。这次抗疫，让我深刻意识到，我们所写的，正是我们伟大民族的当代史，是我们党带领人民在艰难中一步步走向民族复兴的当代史。作为一名青年记者，我觉得非常荣幸，更感觉责任重大。

以抗疫英雄们为榜样，我们要加倍努力，不断增强“四力”，以手中纸笔镜头讲好中国故事。我深信，正如习近平总书记所说：“从5000多年文明发展的苦难辉煌中走来的中国人民和中华民族，必将在新时代的伟大征程上一路向前，任何人任何势力都不能阻挡中国人民实现更加美好生活的前进步伐！”

冲锋在前，在最危险的地方书写担当作为

新华社　梁建强

前所未见、突如其来——新冠肺炎疫情不期而遇，一场疫情防控的人民战争、总体战、阻击战打响。战场的最前线，始终有新闻工作者挺立的身影。

疫情袭来，每一位一线新闻工作者都是英勇无畏的逆行者、奉献者

在中国记协组织的调研活动中，刘公岛甲午战争博物馆中的一封家书令我印象深刻。那是北洋海军经远舰驾驶二副陈京莹给父亲写下的信。信中写道："兹际国家有事，理应尽忠，此固人臣之本分也，况大丈夫得死战场幸事而。"

这让我想起疫情刚暴发之际，情况不明、人心惶惶，面对未知的风险，新闻工作者们站了出来，和一线的医生一样，向险而行，勇当"逆行者"。

探访定点医院、进入方舱医院、调研隔离点、对话医患人员……在新华社湖北分社、新华社前方报道团领导的带领下，作为主动请缨的成员之一，我把1岁多的孩子交托亲人照顾，带上被子来到分社，以社为家，投身于疫情报道之中，成为最早参与新冠肺炎疫情报道的记者之一。那个特殊的除夕夜，在采访写稿中“跨年”。

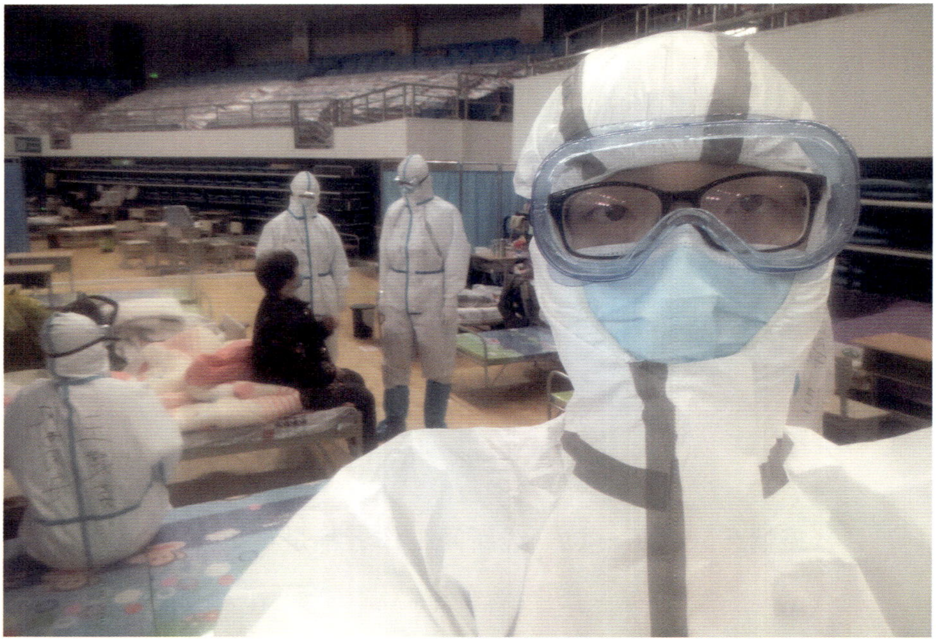

新华社记者梁建强在方舱医院内，拍摄 Vlog 新媒体报道素材

从武汉关闭离汉通道，到不懈努力后阻断疫情传播、城市“解封”；从确诊人数一度持续增长到最终实现确诊患者“清零”……自参与疫情报道开始，我未曾休息一天，始终奔波在一线。方舱医院投入使用后，我又主动提出申请，成为新华社前方报道团队中率先进入正在收治患者的方舱医院内的文字记者之一。

经常有人问，参加疫情报道，怕不怕？诚然，总在采访一线，确实也有过些许担心；但更多的还是不怕。因为，疫情报道中，自始至终有新华社党组的坚强领导、运筹帷幄；自始至终有勇于直面完全未知的病毒、坚守最危险阵地的湖北分社领导和同事们；危急时刻，还有一大批从总社星夜驰援湖北的同事赶到，大家无惧风险、分工协作、并肩战斗……

新闻发生的地方，新闻记者的天职就是在现场；哪里有危险，哪里就会有新闻人的身影。

迎击疫情，每一位一线新闻工作者都是历史的见证者、记录者

习近平总书记强调，广大新闻舆论工作者要做党的政策主张的传播者、时代风云的记录者、社会进步的推动者、公平正义的守望者。

面对新冠肺炎疫情，一线的新闻工作者勇当传播者、记录者、推动者、守望者。以新华社为例，我和同事们进医院、走社区、访医患，广泛调研采访。有人在金银潭医院、方舱医院等救治一线持续蹲点，有人多次到发热门诊实地探访……新华社还重点推出超过1.6万字的长篇通讯《风雨无阻向前进——写在全国疫情防控阻击战取得重大战略成果之际》，以及7500余字的评论《钟华论：在民族复兴的历史丰碑上——2020中国抗疫记》等，系统梳理、回顾、总结中国的抗疫历程，我有幸参与其中。

新闻报道，就是记录正在发生的历史。身在一线，新闻记者有责任全面记录下疫情防控阻击战的真实情况，方能让后人对抗疫中的“中国作为”有更多了解，对“中国选择”有更多知晓，对“中

国经验”有更多认同……这，其实也是在给历史交上一份“答卷”。

决战决胜，每一位一线新闻工作者要做瞭望者、警示者

著名新闻人约瑟夫·普利策曾说过，倘若一个国家是一艘航行在大海上的船，新闻记者就是船头的 望者。他要在一望无际的海面上观察一切，审视海上的不测风云和浅滩暗礁，及时发出警告。

疫情报道中，新华社前方报道团队一直在履职尽责，听民声、报实情。我牵头或者参与采写了许多调研报道，围绕应检尽检、应收尽收工作中存在的问题及挑战，物资发放中存在的难题，部分特殊场所存在的防控风险，一些防控措施中存在的短板等，撰写了一系列的稿件。调研报道通过多种渠道发出后受到关注，对疫情防控工作起到了一定的积极推动作用。

当前，统筹常态化疫情防控和经济社会发展之际，我和同事们仍继续关注着疫情的后续情况，并持续撰写稿件。

我想，作为一名党员、一名新闻工作者，一线就是不忘初心、牢记使命的战场，也是最好的检验场。职责所在，越是危险的地方，就是越需要抵达的前方；使命所系，广察实情、多呈诤言的孜孜以求，始终应是心底追寻的那一束光。

用激情和生命践行“四力”

新华社　王毓国

新冠肺炎疫情发生后，新华社第一时间启动重大报道应急响应机制，我第一时间报名志愿赴武汉参加疫情报道。2020 年 2 月 3 日，我踏上了武汉这片没有硝烟的战场，80 多天的时间，我深入实践、刻苦工作，用激情和生命践行“四力”，获得深刻感悟。

将镜头对准英勇抗疫的人

习近平总书记强调，打赢疫情防控这场人民战争，必须紧紧依靠人民群众，充分发动人民群众，要广泛动员群众、组织群众、凝聚群众，全面落实联防联控措施，构筑群防群治的严密防线。这一重要论述，深刻阐释了人民群众在疫情防控斗争中的主体地位、主体作用，指出了疫情防控工作的力量源泉。

我始终将镜头对准武汉一线奋勇战“疫”的人民群众，几乎拍遍了各行各业为抗疫贡献力量的人们，医护人员、汽车司机、售货员、清洁工、警察、保安人员、社区工作者、快递员、消杀员等，都成为我捕捉的对象。在武汉期间采拍的《守厕人的坚守》《武汉战

“疫”特殊运输线》《武汉白衣天使：最可爱的人》《火神姑娘》《汉正街扁担助力复工复产》等摄影报道，都是英勇抗疫人民群众的真实写照，他们舍生忘死、无私奉献的事迹，深深打动着我，也成为激励我奋发采稿、不断前行的精神动力。

用心用情采拍感人抗疫故事

3 月 8 日，我进入武昌方舱医院“红区”采访。时逢“三八”妇女节，医护人员与患者举行庆“三八”联欢活动，大家一起念诗、歌唱、分发纪念品，现场气氛十分热烈，医患关系十分融洽。活动中，我结识了一位名叫刘嘉宇的小学生，她是 2 月中下旬不幸感染新冠病毒住进医院的。在这里，刘嘉宇得到医护人员无微不至的呵护，并逐渐建立起深厚感情。擅长绘画的她，开始用画笔作画，医护人员、清洁人员、志愿者、保安人员都成了她笔下的“常客”，小嘉宇正是借此来抒发自己“感恩的心”。

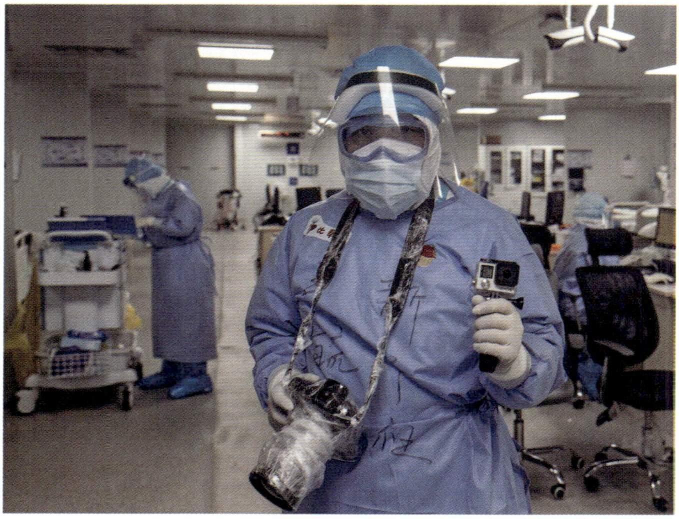

新华社记者王毓国在武汉火神山医院重症监护室采访

3 月 20 日，我在武汉火神山医院“红区”采访时心里惦记着一件事：感染三科一病区的护士长冯晶今天该给 78 岁的患者张大妈洗头了。冯晶来自空军986医院，是一名军人，她参加过北京小汤山抗击非典的战斗，这次她又主动报名，志愿来武汉抗击新冠肺炎疫情。有一次查房时，冯晶发现张大妈不停挠头，就问她“怎么了？”大妈说：“好久没洗了，头很痒。”冯晶二话没说，端来热水就给大妈洗上了。从此，冯晶便记住了此事，定期给大妈洗头，还把自己的洗发水送给她，今天已经是第三次给大妈洗头了。我到达医院时，冯晶已经开始准备。张大妈见我这个生人闯入，开始有些拘谨，等我说明来意后，她便聊开了：“护士长这闺女就是好，不仅对我好，对其他病人也好！”冯晶洗头很麻利，不到一刻钟就洗完了，张大妈满脸写着舒服。大妈有3个女儿1个儿子，由于住院隔离，不能在身边服侍，可是有了冯晶这个“闺女”的照顾，张大妈发自内心有回家的感觉。在火神山医院，冯晶作为护士长，提出“家病房”的护理模式，以身作则、率先垂范，带动其他医护人员给患者们送去家一般的温暖。

增强“四力”打造精品力作

在抗击新冠肺炎疫情的战场上践行增强“四力”要求，对新闻工作者来说，既是克服重重困难的挑战，也是重塑认知、升华境界的机遇。

我不惜“脚力”、深入基层，积极挖掘、寻找题材，几乎跑遍武汉市所有城区。我锤炼“眼力”、仔细观察，挖掘不同寻常的报道角度，比如摄影报道《消杀》，运用光暗对比突出消杀作业人员的身影，反映人类与病毒抗争的艰辛，寓意曙光必将来临。我运用“脑力”和“笔力”、积极思考，由于真实反映了当下武汉青年的生活态度，摄影报道《武汉婚纱照开始“复苏”》受到众多媒体青睐，被567家用户采用。

在疫情最严重时期，我先后7次主动请缨，进入新闻报道的主战场——“红区”进行采访，采拍了《出院逢生日》《专家战“红区”》《出舱了》《护送》等一批在社会上产生积极影响的摄影报道，用激情与生命履行自己作为摄影记者的职责与使命。

湖北分社"80后"的战"疫"故事

新华社　黎昌政

新冠肺炎疫情来袭，新华社湖北分社履职尽责，彰显新闻工作者的使命担当。我所在的政文部，3位"80后"小伙伴，作为中共党员，大疫面前见精神，火线之上讲担当，他们克服万难，履职尽责，默默奉献，给党和人民交上了一份满意答卷。

这次疫情，武汉是风暴之眼。武汉这座城市，是大家责无旁贷必须坚守的新闻报道前线阵地，是心之所向必须逆行而至的一线战场。2020年春节前夕李伟回山东老家后，看到武汉战"疫"日益严峻的形势，一直软磨硬泡请求回来参战。但他被封闭在住宅小区，不得自由行动，表明身份反复向社区管控人员陈情要求放行，仍无济于事。一度过隔离期、小区不再封闭管控后，他就想办法逆行归队。一路辗转刚回到武汉，他就向分社前线指挥部报到，要求马上参与战"疫"报道。他说："在家待着心里不踏实，还是回到武汉在一线搞报道心里踏实。"

坚守在武汉的分社记者们，一直恪尽职守、尽心尽力。"封城"当天，吴建强就带上被子，吃住在分社。2020年1月24日，农历大年三十，他是留守在单位办公室里度过的。疫情期间，他完成多篇任务紧急、主题重大稿件，经常写稿至凌晨两三点。2020 年 4 月 8 日武汉“解封”前，他基本上没在凌晨 2 点前休息过。即便这样，只要有新的采访报道任务，他总是积极主动承担下来，并认真完成。

从春节前开始直至武汉解除离汉通道管控措施，另一位“80 后”谭元斌一直坚守武汉，每天早出晚归，到社区、医院、科研院所采访。他的爱人是中部战区总医院医生，在隔离病房值班 2 个月，其间出现发烧感冒咳嗽症状，他也没法前去看望。孩子春节前被保姆带回恩施老家后一直滞留，“五一”期间才被接回武汉。夫妻双方都是单位骨干，工作的高压、对孩子的牵挂、可能被感染的担心，都没有磨蚀他们的工作热情，他们始终坚守在工作岗位。

在疫情最吃紧的那段日子里，小伙伴们不怕危险，深入基层，把对新闻事业的赤诚和对人民的情怀，写在武汉抗疫战场。

武汉大学樱花树下，新华社记者李伟（左）与校长窦贤康院士直播赏樱

李伟先后深入武汉多个社区、方舱医院、隔离点、协和西院等主要战场采访。梁建强敢于承担急难险重任务，多次进入正在收治病人的方舱医院采访。其他记者也不顾个人安危，多次深入重症患者救治医院采访。

科研院所、华南海鲜市场、湖北省疾控中心、金银潭医院、雷神山医院、同济医院光谷院区、同济医院中法新城院区、协和医院、人民医院等，都有文部记者们采访的身影。早上领命而去，傍晚疲惫而归，晚上辛苦写稿，苦熬半夜是常态。

重压之下，有些小伙伴吃不下饭、睡不着觉、嗓子疼痛、胸闷憋气、瘦了、眼圈黑了、憔悴了……但没人叫苦喊累，没人要求下火线，分社领导只能一次又一次下达“强制休息令”。

苦战还须巧战。调查研究是我社的优势所在。小伙伴们充分发掘高校、科研院所智库资源，建立相关联系机制，为报道持续提供新视角、新观点、新思考。李伟和总社同事一起策划、单独采写并刊出深度调研稿件 20 余篇，高校校园防控、毕业生就业创业、科研团队建设、复教复学等方面稿件，受到有关部门表扬。

谭元斌平时负责对口联系科研院所。他针对疫情心理问题、流行病学调查、血浆治疗、康复患者回归社会、病亡者后事处理、复工复产等课题，潜心调查研究，采写了一批有价值、有分量的报道。

疫情期间，这些“80 后”个个尽力履行职责，把个人安危、家庭实际困难放在一边，没有豪言壮语，只有日复一日的坚守。他们在平凡中坚守，在履职中成长成熟，是伟大抗疫精神中不可或缺的力量。

除夕夜 ICU 外的“新年快乐”

中央广播电视总台　赵云飞

“你们两个只能进去一个人。”

这是武汉市肺科医院护士王洁在我们进入发热留观室前做的又一次妥协。此前，王洁在清洁区接受了我们的采访，我一再央求她把我们带入她的工作环境，希望拍到她真实的工作状态。

彼时正是除夕之夜，新冠肺炎疫情肆虐武汉，医生和护士都在忙乱的环境中紧张地工作着。考虑到让记者进入病区可能会影响医务工作者的正常工作，在我们之前，很少有媒体能够进入“红区”采访。我几乎是厚着脸皮请求医院把我们放入最危险的区域。因为当时防护服比较紧缺，于是王洁提出，文字记者和摄像记者只能进一个。

“只能进一个人的话，那我得进啊！”摄像孟明伟开始跟我商量对策，摄像不进去怎么拍呢？

可是如果我不进去，只凭看素材是写不出文字的。“还是我进去吧，你把机器给我。”我说服了他。

孟明伟开始教我使用这台机器，他可能不知道，我其实是会用他手里那台机器的。他讲得很认真，我倒没有仔细听，心里有些许不安，我在问自己：确定要进去吗？在我之前的采访经历里，从来没有遇到这样的事情。

“这个病毒到底有多凶险呢？”我在想。

在缓冲区穿隔离服的时候，我的脑海中回放着非典时在电视里看到的画面。从护士长指导我穿隔离服的口吻中，我却听不到恐慌和焦虑。白色防护服又叫“猴服”，里里外外七八层，把人裹上后确实像个猴子，全部穿上后我已经开始出汗，很难想象医务工作者是如何穿着防护服做各种操作的。

孟明伟看出了我行动的困难，向护士长做了最后的争取。护士长再三考虑，同意孟明伟做较少的防护，和我一起进入病区。我们

武汉开启入汉通道当日，中央广播电视总台记者赵云飞（左二）、张佑泽在汉口火车站直播采访

跟着王洁进入发热留观病区。这里的病人刚刚住院，虽然尚未确诊，但绝大多数都已经感染了新冠病毒。除夕晚上，王洁这一班的工作人员第一个任务是给每个病人发一盒饺子。在送饺子的时候，王洁遇到了一位患者家属，看着躺在病床上的老父亲，女儿哭个不停。王洁安慰了她，帮她捏了捏口罩，并询问父亲的情况。对于家属来说，医生的出现就是最大的保障。

对于王洁来说，最让她牵挂的是在同一所医院 ICU 工作的丈夫胡明和家里 10 岁的儿子。“我们大家都挺努力的，但对孩子来说，我觉得亏欠挺多的。”王洁在镜头前流下了眼泪。

胡明是武汉市肺科医院重症监护室主任，疫情发生后他一直坚守岗位。我们见到胡明时，他刚从病房中出来，褪去厚厚的防护服，浑身都是汗。我们没有什么时间交谈，坐下来采访是不可能的。对于胡明来说，他已经不知道那是第几个连续工作的夜晚了，或许王洁的到访会提醒他当天是除夕。我们希望王洁和胡明坐在一起给儿子打一通电话。起初王洁是拒绝的，她怕好久不见和儿子起了生分，但或许记者的坚持也给他们提供了契机——能和孩子说一句“新年快乐”了。

电话接通了——

“你担不担心爸爸生病？”妈妈问。

“担心。”孩子说。

“那你害不害怕这个肺炎？”

儿子思索了一会儿，说：“它（病毒）难道没有天敌吗？”

“那我们怎么去预防它呢？”

“戴口罩，回来之后要把外面的东西用湿纸巾擦一擦。每次回来都要勤洗手，按七步洗手法，要用肥皂。”

爸爸露出欣慰的笑容。

“爸爸妈妈今天晚上都上夜班不能陪你了。”妈妈说。

“新年快乐，儿子！”爸爸说。

“那就祝你新年快乐啦！”妈妈说。

“新年快乐！”儿子说。

从肺科医院回到驻地，我迅速往台里回传素材，因为我知道我刚刚见到的一切都是观众最想知道的。我用最快的速度写稿、编片子，还接受了一个电话连线……这可能是我抵达武汉以来最忙碌的夜晚。此时，我最想告诉大家的，就是在无情的疫情阴霾笼罩之下，人与人之间的温暖和真情是人们战胜恐惧的强大武器。

当我发送了最后一篇稿件，已过零点。我拿起手机，看到群里家人在互相拜年，才知道，新的一年已经到来。

让阿拉伯网友“黑”转“粉”

中央广播电视总台　王馨

“你们是新冠病毒，离我们远点。”

——“我们不是病毒，我们也是受害者。”

“你们为什么吃蝙蝠？病毒是对你们的惩罚。”

——“首先，吃蝙蝠的视频拍摄于东南亚，不在中国。其次，病毒无国籍，不分国界，不分种族，是全人类共同的敌人。美国暴发过H1N1，韩国暴发过MERS，非洲暴发过埃博拉，病毒来无影、去无踪，蝙蝠是无辜的，中国是无辜的。我们应该依靠科学和人道主义来战胜疫情，而种族歧视和极端主义只会雪上加霜。”

……

2020年抗击新冠肺炎疫情期间，这样的对话不断在我和阿拉伯网友之间上演。

“念念不忘，必有回响。”从大学时选择阿拉伯语，到10年的广播经历，再到3年前外派中东，我心中一直有一个“发出中国最强音”的梦想。中华民族和阿拉伯民族，两大文明之间有着千丝万缕的联系，但苦于距离遥远、语言不通、习俗迥异，中阿人民对彼此的了解往往只能通过西方媒体。驻外期间，我亲身感受到了新媒体时代，海外社交媒体惊人的传播力。作为一名老广播人、新媒体新兵，我响应中央广播电视总台号召，开通了脸谱个人主页，发布阿拉伯语原创短视频，紧跟时事热点，零距离与阿拉伯网民通过阿拉伯语交流，成为陪伴他们左右的中国朋友，吸引了数十万粉丝。

中央广播电视总台驻埃及记者王馨接受埃及主流媒体 ONtv 电视台晚间黄金档访谈节目《每日》栏目的专访，介绍中国防疫措施和中埃抗疫合作成果

2020 庚子年伊始，突发新冠肺炎疫情，阿联酋出现中东第一例确诊病例。当看到阿拉伯朋友们没有丝毫的防护意识，我的心中多了一分担忧，立刻制作发布了一段教授“七步洗手法”及如何正确佩戴口罩的短视频，引起埃及最大商业电视台 DMC 的重视并发出直播邀请，向亿万电视观众科普新冠病毒的危害与防护知识。

2020 年 3 月初，我发现一段有关一位中国公民的视频，发布不久便在社交媒体引起巨大关注。视频中，埃及司机打开车窗，用纸巾捂住口鼻，向邻车声称这位中国公民为新冠肺炎患者，并在高速路中央将他赶下车。看到他惊慌无助地在车流中穿行，险些被撞，我的心一下子揪了起来，我一定要做点什么！

迅速向中国驻埃及使馆汇报并得到帮助后，我马不停蹄赶往当事人驻地，向他耐心解释，安抚他的情绪，同时作为翻译帮助埃及友人向他当面致歉、献花，并拍摄独家视频发布在脸谱主页上。该视频被中东主流媒体阿拉比亚电视台在新闻直播节目中整段引用。翌日，我陪同中国驻埃及大使看望该中国公民，向他转达埃及政府高级官员的歉意与慰问，并进行了独家报道。同时，我分别接受了多家中东主流媒体和 BBC 阿拉伯语频道的采访与连线，及时澄清事实，呼吁民众不信谣、不传谣，团结合作、共同抗疫，也在无形中化解了一场外交危机。

冷静、客观地分析，对每一条留言的认真回复，不仅成功让众多阿拉伯网友“黑”转“粉”，更赢得了主流媒体的信任与尊重，多次引用我有关维护人权、反对种族歧视和极端主义的“金句”。

疫情期间，在中央广播电视总台国内各部门的共同支持下，特别是防疫物资的及时配给，让我能够安心赶赴新闻现场，最终实现与 50 余家境外媒体的近百次采访与连线。

疫情是一面镜子，照出人类社会的脆弱，也照出人性朴素的光辉。“感谢遇见你，你的真诚与客观值得我们信任。你的努力我们看在眼里，记在心中。中国是我们永远的朋友！”正是这样一条条温暖的留言，激励着我度过异国他乡的无数个日日夜夜。

记录抗疫一线的“历史底稿”

解放军新闻传播中心　陈国全

2020 年 1 月 31 日清晨，我从北京出发，直到 5 月 9 日回家，整整 100 天，跨越冬、春、夏三季。

在新冠肺炎疫情这场大战大考面前，无论前方后方，每一个人都经受着不同的考验，每个人都记录下了自己的“历史底稿”。

这次抗疫，是我 25 年军旅人生中最为刻骨铭心的经历，面对的是病毒这个无形的敌人，高风险、高强度、高节奏的新闻采写过程，也是前所未有的。

习主席视察解放军报社时强调要“做到政治上更强、传播上更强、影响力上更强”。实事求是讲，我们的主流媒体在传播效果和影响力上，离习主席的期望还有一定的差距。回望这段难忘的经历，有泪水、有感动，有收获、有遗憾，有值得总结的经验，也有很多需要铭记的教训。

见证、记录重大事件，关注、留存武汉抗疫的历史瞬间

春节前一天，得知可能派记者前往武汉采访报道时，我第一时

2020 年 2 月 4 日，火神山医院收治首批患者，医护人员做好准备迎接转运患者的救护车。图为解放军新闻传播中心记者陈国全在现场采访

间报名参加。武汉是我军校毕业后工作的第一站，我有很多亲人、同学和战友在那里工作和生活，我迫切希望与父老乡亲并肩战斗。

虽然做足了应对困难的思想准备，出发后，还是别有一番滋味在心头。看到高铁上没有其他乘客，仅有我们几个记者，在武汉街头稀少的车辆行人，大家都沉默不语。这并不是我熟悉的武汉。

抛开各种信息和情绪的干扰，我和前方其他记者一样，很快进入状态、进入角色。2 月 1 日上午，我们赶到尚未完工的火神山医院，投入紧张忙碌的采访写稿之中。在一线，前方记者有一个最基本的想法：绝对不能漏发任何关于军队支援湖北医疗队的重大新闻。那段时间，在解放军新闻传播中心前方采访组的统一安排部署下，按照任务分工，我们进入快节奏的工作状态，白天采访、连夜写稿，记录抗击疫情的每一个重要时间节点、每一个医疗救护进展情况。《“火神山”大集结》《探访火神山医院》《火神山战“疫”十日》……这些稿件紧跟医疗救护进程和关键时间节点，很快见诸报端。

此后，第二批、第三批军队支援湖北医疗队陆续抵达武汉，我们均在第一时间准确发布了军队医疗队员的权威新闻信息。

立体展现抗疫医护形象，真实刻画英雄群像

近年来历次重大非战争军事行动的现场，医生和记者总是冲锋在最前线，是离“战场”最近的人。直面疫情、亲历一线，与抗疫医护人员面对面，让我收获了无数的感动。

除了事件报道，我采写的稿件从“人”入手，着力展现改革强军后人民子弟兵的崭新风貌。我选取一线医护人员作为观察坐标，通过一线救护的故事，展示“戎装天使”的英雄群像。

在这场伟大的抗疫斗争中，广大医护人员不畏生死，留下无数可歌可泣的英雄故事。在这部历史大剧中，广大医护人员始终是剧中主角。聚焦他们、着眼于人，就能看全、看清、看懂武汉保卫战的每一幕。只有身临其境，才能感受到医护人员付出的艰苦努力，才能体会到这个没有硝烟的战场上英雄们的牺牲奉献。

2 月 28 日晚上连夜采访返回途中，司机告诉我，街头电子屏幕上“武汉加油”“中国加油”已经变成了“武汉必胜”“中国必胜”。我将这一变化写进了报道参加过多次重大任务的护士长陈静的人物通讯《看不见的最美微笑》中。

在采访军队支援湖北医疗队的日日夜夜里，我了解到无数个感

人至深的故事。ICU 病房里，每天都在展开着分秒必争的生死决战。重症医学专家张西京、李文放早已习惯与死神“抢人”的读秒节奏，呼吸系统专家李琦背着呼吸机上“战场”……在这场战“疫”报道中，许许多多可爱可敬的普通人化身为平凡英雄。《决战重症监护室》一文，依托丰富多样的细节化描写，真实再现医生李文放和战友们奋战重症监护室，在“红区”、ICU 工作的先进事迹。《汇聚武汉保卫战的新锐力量》《用忠诚书写“火神山答卷”》《同舟共济战“疫”魔》《护佑生命之光》……20 余篇长篇通讯，再现军队支援湖北医疗队进驻三家定点医院开展救护的真实情况。

讴歌人民子弟兵为人民、爱人民的“真情大爱”

动人心处，莫过于情。

稿件中，我们记录下无数医患同心的温暖故事，记录了很多善良而坚韧的父老乡亲。从 100 岁的老人，到刚刚出生的婴儿，哪怕只有万分之一的希望，医务人员都会倾尽百分之百的努力救治患者，绝不放弃、绝不抛弃。我们还记录了樱花开放、月圆时刻，记录了元宵、立春、清明，记录了黄鹤楼、古琴台、东湖等富有武汉文化元素的地标景观，融景于情，写进稿件。

“你是谁？为了谁？”22 年前，《为了谁》唱响在长江抗洪大堤，唱响在祖国大地。22 年后，歌手祖海再次为武汉唱响这首英雄赞歌。深情歌唱的背后，蕴藏着人民军队为人民的永恒叩问：我们从哪里来，要到哪里去？

答案，铭刻在一个个无私无畏、逆行冲锋的身影上，融入无数军地医护人员无惧生死、微光成炬的大爱情怀。4 月 8 日，在武汉

“解封”之际，我们写下《沧海横流，方显英雄本色》长篇通讯，献给奋战在抗疫一线的军队医护人员，致敬这些日夜奋战的“戎装天使”、平凡英雄。

军队支援湖北医疗队从武汉回撤后，习主席签署通令，嘉奖军队执行新冠肺炎疫情防控任务全体人员，特别强调新闻工作者不畏艰险、深入一线，大力宣传抗疫感人事迹，生动讲述军队抗疫故事，向中国和世界传播了强大正能量。习主席的嘉奖勉励，是巨大的荣誉，也是巨大的激励。新闻在路上，记者永远在路上，必将为我们采写更多、更好的军事新闻提供强大的精神动力。

刚上岗就被投诉，“馨歌”没有放弃

经济日报社　高兴贵

“各位病友，馨歌提醒您，现在武汉气温骤降，外面非常寒冷，大家外出时一定要注意防寒保暖，我们已经采取了很多措施应对寒潮……”

2020 年 2 月 15 日，位于洪山体育馆的武昌方舱医院广播里传出了一个温暖甜美的声音。前一晚，武汉遭遇大风和雨雪，但方舱医院内依然温暖如春，除了配置的保暖设施，方舱医院里回荡的声音也让大家的心里暖暖的。

电波里的声音来自武汉广播电视台心理咨询广播节目主持人杨馨，“馨歌”是她的播音名。在方舱医院里，有些患者出现明显焦虑症状，需要心理疏导，杨馨是武汉共青团专门增开的疫情防控心理援助热线 12355 心理咨询师志愿者，后来成为方舱医院的一名主播志愿者。

“就想通过心理疏导让他们不那么焦虑，以平常心态来面对疾病，积极的心理对战胜病魔很重要。”杨馨说，这是她最初的想法，然而事情并不顺利。

2 月 7 日，刚上岗的她想通过播放一些轻松的音乐舒缓患者的情绪，然而歌曲刚播放一半就被患者投诉。但杨馨并没有放弃，反而觉得自己的工作更有必要了：“他们刚进方舱医院，内心肯定是不安和焦躁的。”

经济日报社记者高兴贵在武汉洪山体育馆武昌方舱医院采访

为了不引起反感，刚开始杨馨把时长压缩到了一两分钟，后来等大家都适应了，时间慢慢加长，内容也增加了诗朗诵、小笑话等，“方舱医院这么多病人，照顾病患的情绪，理解他们的心理需求是必要的。”一个人的力量有限，杨馨为了帮助更多人，积极引导患者拨打 12355 热线，请专业的心理咨询专家为大家做心理辅导。

看到医护人员每天忙得不可开交，杨馨增加了播报物资发放等消息：“希望为医患搭建一个交流的平台，让患者安心，也给医护人员减轻些压力。”没过几天，12355 服务台就收到了一位患者的特殊电话。这个电话不是做咨询，而是请求工作人员找到杨馨，希望通过她向方舱医院转达歉意。原来，前些天这位患者因为误解投诉了医院，后来知道真相后，觉得很过意不去，希望通过这种方式向医院道歉。

“早安，各位病友们！”“馨歌”的声音伴随着雪后放晴的阳光传进了方舱……是啊，再大的风雪也只是暂时的，风雨过后总会有晴天。

到武汉之后，我听很多采访对象说过，在平日里，他们是老师，是设计师，是小店店主，是农民工，但在疫情来了之后，他们都站了出来，做的事情不算太大，测测体温、搬搬物资、送些菜品……这些事让这座城继续运转下去。他们就像一束束光，哪怕看似微弱，但它会照亮暂时处于黑暗中的那些心，也会照亮这座城。

“红色预警”下的邻里情

中国新闻社　曾鼐

“滴水之恩，当涌泉相报。”这句家喻户晓的俗语，是中韩抗疫最真实的写照。

2020 年 1 月 20 日，韩国确诊首个新冠肺炎病例。那时我刚从北京开会返回韩国分社，对新冠肺炎毫无概念。此后 1 个月，韩国确诊者无显著增加，社会秩序正常，只不过口罩渐成抢手货，在餐厅也常有服务员询问武汉情况。

对于疫情，韩国社会亦有猜测和焦虑，但各方鼓励令人感动。“雪中送炭、患难见真情。”在首尔市厅广场大屏幕和多个地铁站内，循环播放“支持中国抗疫”短片。时任首尔市市长朴元淳录制视频“要报恩”，宣布向中国 12 个省市捐赠 6 亿韩元物资。几年前，韩国饱受 MERS 之苦，北京曾“力挺”首尔。“一定要把对中国医生的敬意和对武汉民众的慰问转达给他们。”在采访韩国医师学会传染病专家崔在旭时，他反复嘱咐我。媒体上，“大长今”李英爱等明星、成均中国研究所教授等众多韩国专家，纷纷发声支持中国。韩国总统文在寅“助邻即助己”的讲话刷屏网络。不少素未谋面的普通人向中国发起捐款，为此，中国驻韩国大使馆成立了捐款专用账户。

疫情期间，中新社韩国分社首席记者曾鼐在首尔街头采访

谁也不曾想到，韩国疫情一夜间大暴发。2020年2月19日，韩国突增20多例不明路径感染者，大邱“新天地教会”出现超级传播。仅一周，感染者激增700多人，至2020年2月底，单日增长峰值近千人。

在疫情“重灾区”大邱，侨胞纷纷行动起来。我在采访中遇到大邱－庆北华侨华人联合会会长肖娟，她已在当地生活10多年。中国疫情严重时，肖娟曾联系数批物资捐赠家乡，现在手上只有少许留给家人的口罩。

“都捐给韩国吧。”肖娟的父母给她发短信，告知国内情况好转，不用寄送。她给我发来数段小视频：自己站在一盒盒纸箱前，里面是向大邱医院捐赠的口罩、纸尿裤等，并留言道，“也许这是这辈子做得最有意义的事情。”

如此种种，不一而足。中国驻韩国大使馆的外交官们自发筹措一批口罩向大邱捐赠，配诗“道不远人、人无异国”，这是新罗时期旅唐学者崔致远名句。中国驻韩国大使邢海明接受采访时感慨：“中韩两国休戚与共、守望相助。中国人民永远铭记危难时韩国人民伸出的援助之手。”

3月，中国政府、企业的大批捐赠陆续抵达韩国。走进仁川机场仓库内，一箱箱的防疫物资上贴着中韩国旗，格外惹眼。现场韩国红十字会的一位工作人员与我攀谈，称“最近太忙了”，之前负责联系韩国物资运送中国，如今又忙着接收中国捐赠物资。他看起来有点疲惫，但毫无怨言，几句“吐槽”都带着笑意。

历经几个月艰难的阻击战，中韩两国迅速压平曲线，合力抗疫成就了一段国际合作的佳话。正如中日韩三国合作秘书处副秘书长曹静在采访中所言，各国是共生、共存、共发展的命运共同体，病毒是人类共同敌人，没人能独善其身；经过疫情考验，中日韩经济将重拾活力，三国间的友谊与信任将进一步增强。

他的故事催人勇敢前行

中国青年报社　雷宇

时间会带走很多东西，但也会留下很多东西。回望武汉战“疫”那段风雨如磐的日子，总有一些人一些事，在不经意中想起。

彭银华，这个被外界唤作“英雄”的名字背后那个年轻医生的形象，是一点一点清晰起来的。2020 年 1 月 28 日，大年初四，我正在吃晚饭，习惯性地拿起手机，共青团武汉市江夏区委副书记缪璐发来一条信息——在江夏区，青年医生彭银华坚守隔离病区“近 1 个月”（实际时间应该是 20 天左右）。

其中的一个细节打动了我：再过几天（正月初八），就是这个 29 岁的年轻人大喜的日子，办公桌抽屉里还放着没来得及分发的请柬。我在交流中获悉，他刚刚确诊新冠肺炎，当时还被同事们善意地蒙在鼓里，并不知道自己的病情。

“我们不是蹭热度，不是想搞流量。真是身边的人，想多给些肯定，让他重燃希望，快点好起来。”缪璐说。在她的帮助下，我联系到医院的科室主任和宣传科长，得知医院正在不惜一切代价救治彭银华。

在大家眼中，这个小伙子内秀、爱笑。他一直冲在一线，一度连续奋战48小时，大年三十也只是跟爱人通了个电话。他说："疫情不散，婚礼不办。""我年轻，我多干一点儿。"

当时，医院不希望报道与他病情相关的内容，因为一名一线医生的病情可能会引起很多人的担心。我们做了一个约定，有了好消息第一时间联系，到那时，我们把这名年轻医生的责任和担当、青春与梦想和盘托出。

我的内心暗暗地盼着一个奇迹，或许正月初八，对这名年轻医生来说会是一个新的开始。

"青年医生情况怎么样？"2月8日，一直没有等到期盼中的消息，我给缪璐发了一条微信，内心有些忐忑。她秒回："送至金银潭医院，精神状态还不错。"她还说，一两天前，在科室内部群里，彭银华还在回应牵挂他的同事们："体温目前最高是今天凌晨3点呼吸困难的时候，37.5℃，后面体温基本正常。"他还调侃说，"我确实需要在大伙面前说一句肉麻的话：陈主任真的是很煽情的人。"

2月15日，我又想起了那个在婚纱照里一脸深情看着爱人的小伙子。我再次联系了缪璐，情况似乎严重起来："气管插管，用了有创呼吸机。"没有太多的交流，我们的心情都变得沉重起来，我只能在心里默默祈祷。"还是走了！"2月21日7点53分，缪璐发来了那个让人心碎的消息。

对于爱人，推迟的婚礼再也无法举行；对于父亲，这个靠助学贷款上大学的儿子是他一辈子的骄傲；对于同事，是拼尽全力，最后眼睁睁看着"战友"松开了众多挽留的手……

这个世界上没有从天而降的英雄，只有挺身而出的凡人。新闻的背后是一个个具体而平凡的普通人，而记者所需要做的是在灾难面前挖掘和展现人性中那些既平凡又伟大的动人闪光。

面对罕见的疫情，无数新闻工作者用手中的纸笔武装起坚硬的盔甲，而撞击自己内心最柔软处的，正是像彭银华一样的平凡人所拥有的坚韧和担当，让人感同身受甚至痛彻心扉，又催人勇敢前行。

走入抗疫“凡人”内心
书写“逆行”英雄故事

中国文化报社　刘海红

2020 年，在武汉疫情形势最严峻的时刻，他自愿报名成为一名抗疫志愿者，“逆行”而上、冲锋在前；在参与志愿服务期间，他不幸感染，勇敢乐观地与病毒作斗争；在方舱，他依然“闲不住”，帮助医生维护秩序、打扫卫生、帮助病友打饭送药……病愈回到家，他发现年近七旬的母亲同他一起接力，做起社区疫情防控志愿者……

他就是“80 后”退伍军人、武汉中山舰博物馆保卫干事谢俊。面对疫情，他以青春书写凡人善举，以身体力行诠释伟大抗疫精神，以担当作为展现文旅工作者的青春风采。

2020 年 4 月 30 日，《中国文化报》第三版以整版篇幅刊发了由我采写的《一名志愿者与新冠病毒“亲密接触”的 76 个昼夜》，对谢俊的抗疫故事和可贵精神作了典型报道。

疫情发生后，我告诉自己：新闻工作者要做到不缺席、不失位，通过生动的笔触、鲜活的报道，关注和记录文旅工作者的抗疫心声、担当作为，为打赢疫情防控阻击战营造同心协力、共克时艰的良好舆论氛围。

在寻找选题线索中，经文旅系统同志推荐，我了解到谢俊的曲折抗疫故事和不平凡经历。谢俊是文旅系统无私无畏投身抗疫一线的优秀代表，是值得深入挖掘的典型人物。由于当时疫情防控要求而不能前往武汉实地采访，对我完成报道和践行“四力”提出了更高要求：要写好报道，必须真正走入被报道对象的内心，将程式化采访转化为心与心的对话和交流。

中国文化报社记者刘海红在新闻发布活动现场

我通过电话、微信与谢俊前后进行了 1 个多月的交流，有很多采访和交流是在深夜，因为只有这时候他才能从志愿服务工作中抽出身来。他一直跟我强调希望低调，不要突出他个人的事迹，但在与新冠病毒“亲密接触”的 76 个昼夜中，他展现出的善良、勇敢、乐观、热情，却是那样“高调”，令人印象深刻。他的抗疫点滴在我心目中日益清晰起来，深深感染着我。

成稿前，我认真整理了近 2 万字的通话录音、几百条微信文字聊天记录和几十段视频音频素材内容，生怕漏过与谢俊交流的每一个细节。与部门主任等同事就报道主体框架、重点内容、呈现方式等反复商讨交流，对稿件反复修改完善、打磨提升。可以说，一字一句都浸透了集体的心血和智慧。报道刊发后在文旅系统引发较大反响，被多个媒体平台转载传播，赢得“100 万 +”的阅读量。

习近平总书记在全国抗击新冠肺炎疫情表彰大会上指出，在这次抗疫斗争中，青年一代的突出表现令人欣慰、令人感动。世上没有从天而降的英雄，只有挺身而出的凡人。

像很多“逆行”英雄一样，谢俊身上彰显的青年人的热心和担当，展现出的退伍军人的坚毅和觉悟，值得我为他点赞，我为有这样的同行而骄傲，为有这样的战友而自豪！

记录战“疫”力量　捕捉感动故事

人民铁道报社　李蓉

疫情就是命令，防控就是责任，报道就是战斗。作为一名新闻工作者，记录战“疫”力量，捕捉感动故事，是义不容辞的职责与使命。

新冠肺炎疫情暴发后，人民铁道报社立即成立了指挥报道领导小组，全员进入“战时”状态，每天加班报道。我和每名同事都在尽自己最大的努力，用手中的笔讲述铁路人抢运防疫物资、守护旅客站车安全、运送医护人员的战“疫”故事；通过镜头发现战“疫”人员勇敢坚毅的力量，激励大家前行；通过各种新媒体作品记录疫情防控知识，引导旅客

人民铁道报社记者李蓉（左）在车厢中采访“战‘疫’女兵”

正确看待疫情，把铁路退票、防控疫情等举措第一时间传递出来。

带着政治担当，做新闻战线的最美“逆行者”。在北京各大火车站，有23名负责专业消毒的“战‘疫’女兵”，她们的故事深深感动了我。为了能更好地挖掘人物，我们深入发热旅客观察室和消毒车厢，亲身体验她们的工作场景——穿着密不透风的防护服、手拎十几公斤重的消毒桶日行两万步，汗水蒸成水珠打在防护面罩上模糊了双眼……

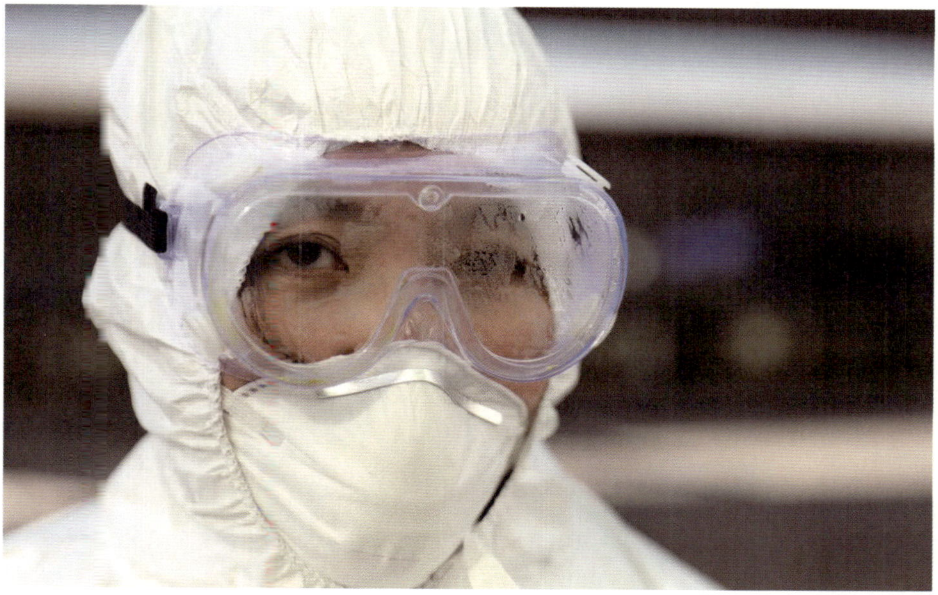

人民铁道报社记者李蓉在车厢中采访

深入一线采访，让我采写拍摄出的作品更能打动人心。《不用开美颜！你脸上的勒痕是最美的印记》《白色战袍下有一颗勇敢的心》作品阅读量达到“10万+”，被人民网、新华社等80多家媒体转载，全网转载800余人次，阅读量达到上亿人次。

人民铁道报社在制订报道方案时就明确要统筹纸媒与新媒体传

播需求，采取全媒体采集方式并实现多元生成，确保防控报道有效覆盖。在各地复工复产进行时，我们推出的新媒体报道《涨！涨！涨！》，采用文字、视频、图片和数据分析等形式，让数据会说话、有呼吸、有内涵，通过一条条上扬的曲线让我们感受到助力复工复产的铁路力量，达到了良好的传播效果。此外，《好消息！复兴号护送钟南山团队抵达武汉》《父子兵，一起上！战“疫”中的铁路人》《苦战 82 天，把胆留在武汉的张伯礼院士坐火车回家了》《77 天来，首批武汉乘火车返京旅客抵达》《这排面回家！你值得拥有》等报道综合图文、海报、短视频等多种形式，针对受众需求，进行多平台、多媒介的传播，生动地讲好了战“疫”故事。与此同时，我们在确保为报纸正常提供文字报道的情况下，第一时间将拍摄好的多个视频片段传给后方剪辑团队，经过配文、配音剪辑后，一条条鲜活的短视频迅速传播出来。《看到最后一秒，请陪她一起敬礼！》《众志成城！他们在请战书上郑重签名》等短视频作品都起到了很好的时度效作用。

采访中，坚守一线的铁路人的勇敢坚毅、逆风而行不断激励和感动着我，我为自己能用手中的笔和镜头记录下这些平凡英雄而感到骄傲。白天采访，晚上写稿、剪辑作品，成了这段时间的常态。1 月 20 日以来，我先后推出近 30 个新媒体作品、4 个整版报道和 30 篇报纸作品，3 篇作品点击率达到“10 万 +”，迅速被中央主流媒体跟进转发。虽然几乎每天工作到凌晨，虽然知道一线采访可能存在危险，虽然家里有两个孩子，但身为记者的责任和使命让我必须冲上去、在现场。我深感，记者只有胸怀大局，才能找到自己的职责定位；我也坚信，只要万众一心，一切都会变好，疫情终将过去，春天必会到来！

远去的 139 天

中国人口报社　潘松刚

2020 年初，一场突如其来的新冠肺炎疫情席卷全国，这是新中国成立以来发生的传播速度最快、感染范围最广、防控难度最大的一次重大突发公共卫生事件。2 月 9 日，我接到指令，和国家卫生健康委前方工作组的部分同志从北京出发，直到 6 月 26 日返京，正好经历了 139 天。

在做记者的 20 多年里，我参与过很多突发事件的报道：地震、洪水、泥石流灾害，以及 2003 年的非典。到了武汉我才发现，这里的形势远比想象严峻。

相比 2003 年非典疫情，新冠病毒传染性更快、更强、更隐蔽。隔离病房里医护人员每天都在与时间和病魔赛跑。在武汉，我真实记录下那些与新冠病毒距离最近的医护人员，为医疗卫生行业历史留下宝贵的影像资料。

在武汉儿童医院 NCP 隔离病区拍摄时，一个场景让我印象深刻。新生儿内科护士赵佩哄着患儿，做起了“临时妈妈”。孩子的母亲感染新冠肺炎，孩子刚出生也受到感染。赵佩说：“我 3 个月没见到自己的女儿，她现在 11 个月大了。”后来，《中国人口报》和《中国日报》整版刊发了《临时妈妈》这组照片。诸如此类的故事，每天都发生在我身边，有太多次忍不住掉了眼泪。

隔离病房设立的目的是防止交叉传染，阻断微生物扩散，从专用通道入口经过五道门消毒，才能进入隔离病房。疫情对于新闻摄影记者是一场大战，更是一场大考，我需要冷静客观地对待所处环境和拍摄对象。医护人员的双眼时常被护目镜上的雾气遮挡，这使我很难捕捉到他们的面部表情。我戴着 N95 和外科两层口罩，感觉有些缺氧，不敢大声说话，只能放慢脚步。为了防止摄影器材被污染，需要不停地喷涂酒精，加上戴了多层手套，相机的触摸反应比平常迟钝，光圈和快门不易调节，按快门需要比平时更加用力，所有这些都给拍摄增加了难度。

经过几十天的鏖战，武汉战“疫”终于取得阶段性胜利。

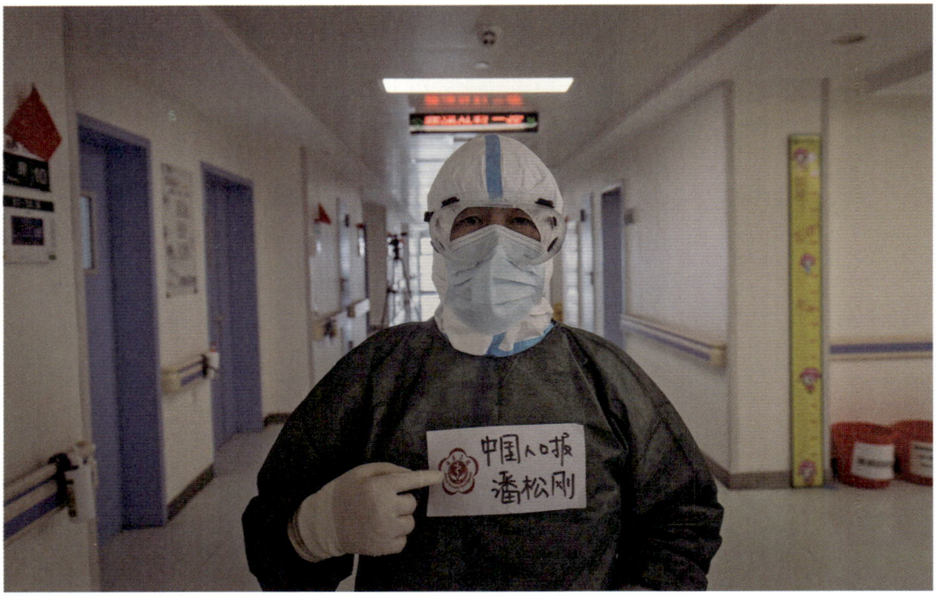

2020 年 3 月 5 日，中国人口报社记者潘松刚在同济医院中法新城院区 COVID-19 病区采访时留影

2020年4月20日，我接到通知转战绥芬河、满洲里……

2020年5月4日，当我准备从绥芬河结束工作任务时，再次接到通知返回武汉。回到武汉我才知道，国务院联防联控机制再次向武汉市派出联络组，了解常态化疫情防控和复工复产情况，而报社要求我负责联络组在鄂期间的影像资料拍摄和新闻报道工作。我很幸运地能见证并记录疫情常态化防控下的武汉，这段难忘的经历将成为我今后职业成长的宝贵精神财富。

在抗疫炮火中记录生命的瞬间

湖北日报社　柯皓

2020 年 1 月 23 日武汉“封城”后，作为身处疫情重灾区的新闻工作者，我义不容辞地第一时间投入紧张的战斗。

疫情期间，湖北日报传媒集团 14 个全媒体报道组，两个多月累计开设专题版面 600 余个，采访制作原创报道近 3 万件，新媒体浏览量超过 150 亿次。我的很多同事和我一样，从除夕夜至武汉“解封”，多次出入重症“红区”，几个月没有踏进过家门。

1 月 23 日中午，我接到紧急采访任务后，带着一床被子就离开了家。没想到这一出门，就连续 3 个月没有回过家。第一次进入医院的隔离病房是在 1 月 24 日大年三十，我直奔武汉市红十字会医院，冒着被感染的风险，分别进入发热病房和重症病房，第一时间用镜头记录下武汉早期定点医院隔离病房里的状况。在高强度的采访拍摄期间，我先后出现过咽喉疼痛、肌肉酸痛、流鼻涕等感冒症状，甚至为了增强免疫力而注射胸腺肽，但我依然希望通过我的镜头，向人们传递疫情中那些震撼的、感动的、美好的瞬间。

1 月 28 日，我在武汉市肺科医院采访拍摄。从隔离区出来后，肺科医院 ICU 主任胡明接到一个电话后就泣不成声。原来是他的好朋友、东西湖区人民医院ICU主任因感染新冠病毒已经病危。胡明说有很多医护人员自己的亲人被感染了在医院抢救，但是自己还坚守在岗位上。我流着眼泪，拍下了整个过程。这条20秒的名为《哭泣的医生》短视频，播放量达1.46亿次，点赞877万次，留言评论30多万条，感动激励了无数民众。

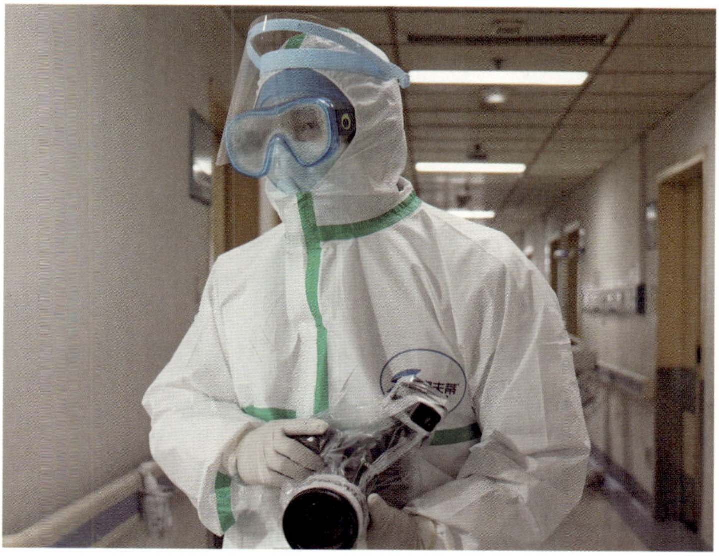

2020年1月24日，湖北日报社摄影记者柯皓在武汉红十字会医院隔离病房采访

2月5日，武汉首个方舱医院开始投入使用。在一块隔板旁，我发现一位年轻人安静地躺在床上，拿出了一本书在阅读。一名护士经过，朝年轻人竖起大拇指，我立刻按下快门拍下了这个瞬间。后来网友们给这位年轻人取名“读书哥”。就连该书作者、美国学者弗朗西斯·福山，都在社交媒体上转发了这张照片。这张照片，让我们看到了年轻的生命传递出的从容和希望。ICU里的“白衣战士”“渐冻院长张定宇”、方舱医院的“读书哥”“考研哥”……一次又一次的现场直击、近距离拍摄，让我从疫情中这些逆行者、坚守者身上，不断汲取着前行的勇气和力量。

在抗击疫情的3个多月里，我10余次进入重症病区隔离病房，

10 多次进入方舱医院，几乎跑遍了武汉所有的救治医院。我当时的想法只有一个，不停奔跑，与时间赛跑，与自己赛跑，全力记录这些为武汉拼过命的人，记录这座英雄城市在生死线上的每一个生命瞬间。很多个深夜里，当“封城”前期紧急救援物资抵达机场，当司机志愿者通宵接送医护人员，当方舱医院里的医生和护士默默守护着病人，我的镜头，都彻夜在他们身边。

习近平总书记要求广大新闻工作者要增强脚力、眼力、脑力、笔力。“四力”首先是脚力，所以我们一定要到一线去、到现场去，才能看到新闻发生最真实的模样，记录下最动人的瞬间。在这没有硝烟的抗疫战场上，有许许多多的记者同行在一线奔走、穿梭，在抗疫最前线，用笔和镜头生动真实地反映了一线抗疫人员的工作状态，在关键时刻给中国人民增强必胜信心。未来，我将继续深入一线练脚力，沉到一线练眼力，开动脑筋、深入思考练脑力，拍摄出“沾泥土”“带露珠”“冒热气”的作品，做好本职工作，不负使命，做一名称职的新时代记录者、传播者。

坚守在抗疫战场上

湖北长江日报社　田巧萍

2020 年伊始，武汉通报数例相似的不明原因肺炎病例。1 月 18 日、19 日，是周末，我走访了几家医院，希望去实地了解一下这到底是什么病。19 日下午，刚进入武汉市第四医院东院的大门，医院麻醉科彭晓红主任一把拉住我：“这个时候你还跑来！戴上口罩再跟你说。”我接下彭主任递来的口罩，问道：“有什么危险吗？”经过与她的交谈，我得知：医院已经接诊很多这样的病人了，医护人员的家属也有患病的。

我跑了多年的医疗战线，职业敏感让我意识到问题的严峻性，周一一上班，我把两天实地走访的信息迅速反馈给报社，同时向部门主任李缨：“现在的实际情况很不妙了，不是我们想象的样子。如果需要，我愿意去最危险的地方。”

“你要去看，你要观察，你要到现场去。”疫情期间，武汉有两个战场，一个是疫情战场，另一个就是舆论战场。自媒体时代，每一个人都是一个媒体，真真假假。

我找到湖北省中西医结合医院党委书记邱海芳，在多年的工作中，我与邱海芳书记建立了良好的信任关系。经过我多次请求，她

2020 年 2 月 11 日，在连续做完 7 个人的采访后，湖北长江日报社记者田巧萍（右）在武汉市金银潭医院采访了张定宇院长

允许我在医院采访，并告诉我他们医院呼吸与重症医学科主任张继先因为上报疫情被上级表扬。

在她的帮助下，我顺利完成了对张继先主任的采访。疫情期间，我对收集来的每一条新闻信息不敢有丝毫马虎，反复核实，确保自己的报道准确无误。我心里清楚：现在是武汉疫情的重要时刻，不能因为自己的不准确报道给武汉添乱，要用翔实的材料支撑起这些新闻。

2003 年非典时期我第一次到收治非典病人的传染病医院去采访，回来腿都是软的。17 年过去了，我不再畏惧病毒，可是家人成为我最大的软肋。万一我染病有不测，大学还没有毕业的女儿又将如何，患病的丈夫又由谁来照顾。这些问题萦绕在心头，但最终我还是选择奔赴一线，因为这是我作为一名记者的职责和使命。

疫情对每个人的不确定性让我变得敏感又焦虑。我曾做过一件现在想来有点“丢脸”的事：有一次在定点医院采访结束取车时，才发现自己把车停在装满医疗垃圾的垃圾桶旁边，我害怕病毒附着在车上，把车窗户全部打开一路狂奔，冷风灌进车里感到阵阵刺骨，第二天我开始的咳嗽让我更加焦虑。直到20多天后随着天气转暖，我的咳嗽才有所好转，心情也才彻底放松下来。

面对突如其来的疫情，我们每个人都在承受着牺牲和痛苦。这种悲伤情绪是不需要克服的，它会慢慢让我坚强勇敢，它会让我更努力地去工作，让我更迫切地希望能够为武汉早日战胜疫情做一些力所能及的事情。

增强新闻“四力”，讲好抗疫故事

湖北襄阳广播电视台　王亚雯

习近平总书记在全国抗击新冠肺炎疫情表彰大会上总结了伟大的抗疫精神——“生命至上、举国同心、舍生忘死、尊重科学、命运与共”。作为一名新闻记者，我的职责就是通过深入一线、广察实情，用心记录下、讲述好一个个勇毅果敢、无悔付出的感人故事，彰显伟大抗疫精神，凝聚传递正能量。

新闻工作者要把镜头对准奋战在抗疫一线的逆行者，用他们的凡人善举，感动一座城，感动城里的人。在采访过程中我们看到，由于老旧小区多、“三无小区”多，社区物资配送压力空前。为此，我们采访了立业路社区干部雷莎，她不顾满手的勒痕和冻疮，仍不知疲倦地挨家挨户配送物资。报道发出后，不少群众自觉配合社区工作，平息了网上的负面情绪；我们还采访了大石桥社区志愿者退伍军人沈静，退伍不褪色，社区服务最重最累的活她都“包圆了”，干得无怨无悔，新闻播出后，更多的党员加入志愿者的行列。最美逆行者、最美守护者、最美志愿者，抗疫夫妻、抗疫母子、抗疫家庭……我们一共完成了 257 个有血有肉的身边典型报道。疫情期间，在襄阳感受到的是人与人之间的爱，襄阳人民都说，这个年最冷清，

2020 年 8 月 11 日，湖北襄阳广播电视台记者王亚雯（右二）在东风商用车有限公司采访复工复产情况

却最有年味儿。我想重大灾难来临时，新闻工作者必须挖掘典型人物、发现正能量，才能让人民有战胜灾难的勇气和力量。

新闻记者是记录者，也是瞭望者。如果说医务人员是在与病毒作斗争，那么我们就是在和人的心理作斗争。情况不明、人群恐慌，新闻记者要深入现场，将真实的情况传播出去。在这场抗疫斗争中，襄阳建立了新闻发布制度，自 2020 年 1 月 28 日起，襄阳市委、市政府开始每天公开回应群众的关注热点并且及时发布。襄阳市有关领导每天都通过新闻记者来了解社会关注的热点和抗疫过程中的薄弱环节。这说明新闻工作者在重大突发事件发生时起到了党委政府联系人民群众的桥梁作用。因为建立了新闻发布制度，新闻工作者也可以了解第一手资料、第一时间发布资讯，提前策划好重大选题的宣传报道。襄阳广播电视台安排专人收集新媒体平台和新闻热线上的民间舆情，就共性问题上报有关部门。政府回复情况也第一时间通过云上襄阳客户端和襄阳播报微信公众号《回应网友关注》专栏发布。网友反映的口罩发放、蔬菜配送、在线问诊、城区消毒、捐赠物资使用等问题，均一一给予了回复。

疫情带给我们很多的挑战，也积累了宝贵的新闻报道经验，未来我们一定会在群众的期待中，不断提升广播电视报道的质量和水平。

有一种战士叫记者

北京日报社　贾晓宏

有一种战斗叫遭遇战！在抗疫一线，当护士秒变为战士时，记者没有缺席。

2020 年 1 月 20 日凌晨，刺耳的手机铃声打破了夜的宁静。

手机里传来略带倦意的男中音："北京有确诊新冠肺炎患者了，你注意查收一下新闻。"打电话来的是高小俊，北京市卫生健康委新闻发言人。几个月后，他成了北京妇孺皆知的中年"网红"。

从那一天开始，北京市新冠肺炎疫情防控阻击战开始了。在北京日报社当了 20 年跑医疗卫生领域的记者，这条深夜发出的短短几十余字的消息让我意识到：接下来有一场硬仗。

很快，北京进入公共卫生事件 I 级响应状态，艰险的采访报道任务摆在我和同事们的面前。我所在的部门全员停休，全部投入到疫情防控报道中。从此，在北京地坛医院、在 120 急救中心、在北京市疾控中心、在每一个与疫情防控相关的机构，都有我和同事们工作着的身影。

有一种战斗叫坚守。与新发地、"西城大爷"相伴的是首都战"疫"报道的持久战。

2020 年 6 月 11 日，北京新增 1 例新冠肺炎确诊病例，打破了此前保持了 50 余天“零新增”的纪录。7 月 14 日“西城大爷”出院，8 月 25 日北京新发地市场聚集性疫情病例“清零”……这一场“加时赛”来得猝不及防，但我们很快取得了胜利。天天在疫情防控第一线采访，经常有亲友提醒我注意安全。他们隐隐有些担心，不过我倒是不怕。这些年，我见证了北京防控甲型 H1N1 流感和 H7N9 人感染高致病性禽流感等各种新发传染病，我相信北京市委市政府和各级医疗卫生机构有能力做好疫情防控。

采访、写稿、拍摄，夜以继日连轴转。疫情高峰时期，每天几十篇图文稿件与视频报道，接收数万字的海量信息，协调联系几十人甚至上百人……说实话，真的很累。但这是新闻工作者的职责所在，责无旁贷。

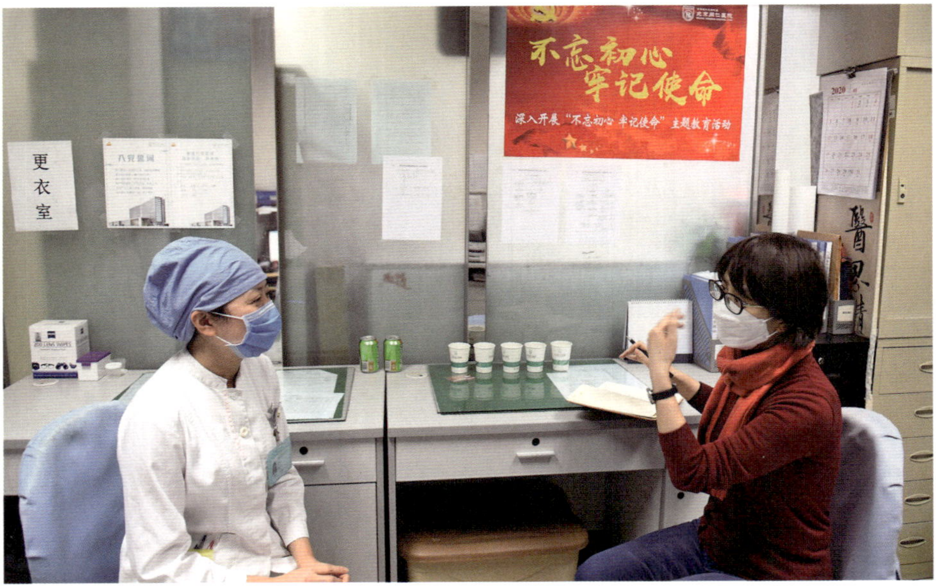

2020 年 2 月，新冠肺炎疫情期间，北京日报社记者贾晓宏（右）在北京同仁医院血液透析病房采访

更何况我已经置身战“疫”一线，惟有冲锋，惟有胜利。

有一种战斗叫多点出击。全媒体时代，多媒体、多平台融合报道成为一种新战法。

疫情防控阻击战打响后，北京定期召开新闻发布会，媒体移动端的新闻比拼异常激烈。北京日报社率先开展疫情发布会文字直播，每天的报道在报、网、端、微上立体传播，多媒体、多平台、多波次融合报道，以快讯、通讯、解读、深度报道等多种呈现形式，将有效信息迅速拆分推送，与发布会同步推出，第一时间将重磅消息传递出去。作为党报记者，及时准确地向市民传递疫情的最新信息是一项重要使命。此后，我和同事们经常从白天工作到深夜再到凌晨，不间断地采访并发送第一手消息。从锁定新发地市场为疫情高风险点，到每一个病例的详细分析；从北京市调整突发公共卫生事件响应级别，再到回应公众关切热点……北京市采取的最新举措、发布的权威消息，经过我们新闻工作者多方采集和精心编辑，在“指端”上第一时间与市民见面。

2020 年 9 月 8 日，习近平总书记在全国抗击新冠肺炎疫情表彰大会上发表的重要讲话中，热情点赞“新闻工作者深入一线”！这深深激励我们毫不懈怠地迎战应考，增强“四力”，砥砺奋进，打赢每一场新闻之战！

这段岁月，让新闻工作者被历史铭记

天津津云新媒体集团　罗骏

2020年的春天，我们在实打实的战斗中看到了共产党员如铁的担当，也看到了新闻工作者沉甸甸的责任。

2020年1月24日腊月三十上午，我临危受命担任疫情防控指挥部宣传组记者专班负责人。当时我并没有想到，将这样长时间地在这个岗位上战斗。这一战，让我真正理解了习近平总书记多次强调的，媒体融合发展要打造“全程媒体、全息媒体、全员媒体、全效媒体”。

疫情防控期间，天津市要求必须透明公开报道疫情，要将所有情况第一时间告诉老百姓，同时第一时间回应老百姓的关切。所以宣传组专班基本就成了一个24小时连轴转的活儿。半夜12点刚刚回到家电话响了，又有新增病例，上级部门要求凌晨1点30分之前必须准确发出；还没进家门电话响了，深夜紧急召开发布会拿下不担当不作为的干部，马上返回办公室准备材料；“轮船疫情”刚刚处理完毕，“飞机疫情”又来了，有一架国际航班上多人发烧；铁路客车段封控区内又有新疫情，需要马上紧急转移群众……这一桩桩一件件，经常是通宵达旦、不眠不休。

“这个菜价问题是市场关闭导致的，得马上准备稿件报内

天津津云新媒体记者罗骏获得“全国抗击新冠肺炎疫情先进个人”称号

参”“这个消毒水喷多了导致自焚的是谣言，必须尽快辟谣”“这个时候，很多人没有意识到天津取得这样的防控成绩来之不易，可以用网络化的语言走一个述评”“这个驰援湖北的图解报道必须把1000多名医护人员的姓名都登上，决不能出纰漏，不能让每一个到过前方的人寒了心”……疫情一直在变化，指挥部全盘考虑问题，细致入微，因此对报道的要求很高，有时候是30分钟限时交卷，有时候是1万多字推倒重来。我深深地知道，这不单是对我自己，也是对天津新闻人的一次大考，必须顶住，必须拿高分！

与病毒战斗的武器并不仅仅是医务人员手中的针管、手术刀，也可以是我们新闻工作者手中的笔、手机、相机、摄像机。记者是时代的见证者、记录者，在这个非同寻常的春天，我们的坚守与付出，也终将被历史铭记！

一次提起十二分谨慎的采访

江西广播电视台　吴萍

从 2020 年 1 月 22 日起，我开始奔波在抗疫报道一线。这期间，我先后多次到江西省卫生健康委，以及南昌大学第一附属医院、江西省胸科医院、南昌市第九医院等省市定点医院采访，及时报道各大医院的救治情况；独自一人带着小型摄像机进入治疗危重病人的隔离病房，记录白衣战士与病魔的近距离战斗。

2020 年 2 月 3 日，我申请去定点收治医院南昌市第九医院的重症隔离病区采访。进去前，呼吸科主任周玉龙再三跟我说：“必须穿好防护服，要尽快完成采访。”他脸上的表情，是我采访多年来没有见过的严肃，让我有点儿紧张。

走进隔离病区就像到了另一个世界。安静的过道里，只有一声声急促的电话铃声，以及被防护装备包裹得看不见长相的护士小跑着来回穿梭的沙沙声，这些都在告诉我，这是个在和时间赛跑的战场。

医生叮嘱我：“要跟在我们后面，别靠病人太近。”严厉的语气让我对这次采访提起十二分谨慎。虽然医生这样叮嘱，但是我发现，他们自己却还是和平时一样近距离询问病情、检查病人身体。

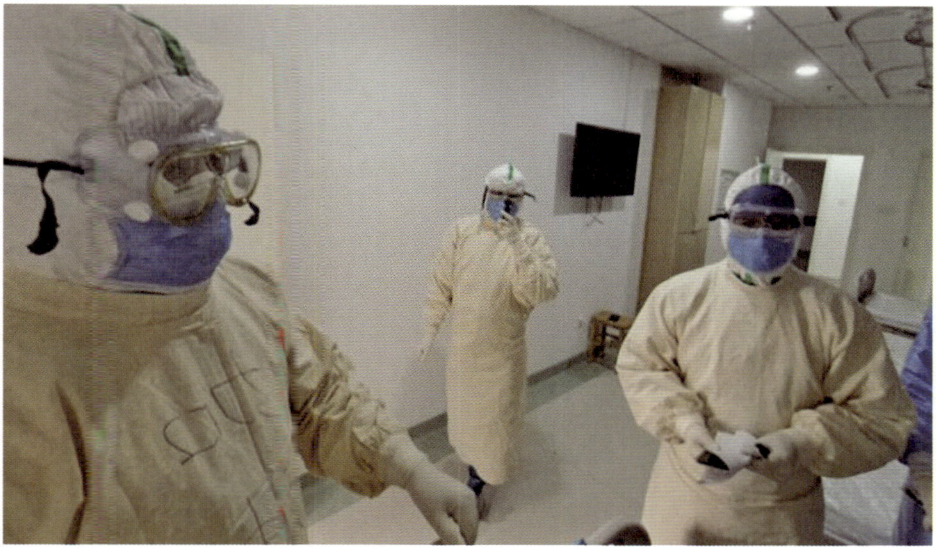

2020 年 2 月 3 日，新冠肺炎定点收治医院——南昌市第九医院，江西广播电视台记者吴严（左二）手持小型设备拍摄医生查房现场，隔离病区负责人、呼吸科主任周玉龙（左一）询问患者情况

护士李楠楠给病人抽血时，她的头距离患者只有一个拳头，她说“戴着护目镜看不清，只能这样”，但这对她来说也有很大风险。她说：“隔离了外界、家人，这里的患者就像孩子一样依赖着我们。”周玉龙是一位资深的呼吸科医生，从医院组建隔离病区开始，每天他都带着 50 多名医护人员团队守在这里，吃住都在医院。他们要挑战的不光是疾病还有自己，多说两句话就喘不上气，多走两步路就缺氧。面对救治压力还有心理压力，周玉龙说：“有人忍不住就哭了。看着他们哭，自己也想哭，可是还是要忍着，必须得坚持。”

从一个病床到下一个病床，我拍下他们询问患者时的耐心、研究病情时的细心、安慰病人时的贴心，记录下他们对患者说：“别担心”“今天又更好了”“很快就能回家了”……

我突然不知道说些什么。此刻，任何言语都显得苍白无力，唯有用镜头拍下他们忙碌而坚定的身影，本该半个小时完成的采访，我却在重症隔离病房待了整整两个小时。

他们是普通人，可是穿上白大褂，套上防护服，一个个却都变成了战士。守护生命健康是他们无声的坚持和无悔的选择，抗疫最前线，他们默默地践行着白衣天使的初心使命。

到前线去，和他们“战”在一起，为他们记录，为历史存档，也是我作为新闻人的无悔选择。

武汉之行，职责使然

四川日报社　李寰

在新冠肺炎疫情面前，记者们或奔赴湖北，或战斗在各地抗疫第一线。医护人员争分夺秒抢救患者生命的感人壮举；患者为了活下去而与疾病不懈斗争……记者用手中的笔和镜头，聚焦这场生死之战。

2020 年 2 月 4 日，我以四川日报社记者身份随四川省第四批医疗队队员赶赴武汉。在武汉 45 天采访期间，我们是记录者，用笔和镜头记录着“四川战‘疫’军团”在武汉与疫情的鏖战；我们是见证者，见证了武汉这片土地以及这里的人民如何在磨难中成长、从磨难中奋起；我们是参与者，以新闻人的担当，投身战“疫”一线，与全国人民一道共克时艰。

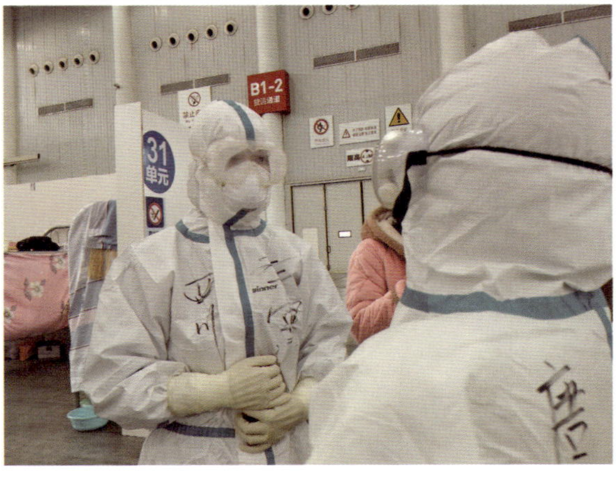

四川日报社记者李寰（左）在武汉方舱医院采访

在武汉，我们是以镜头为枪的战士。我们

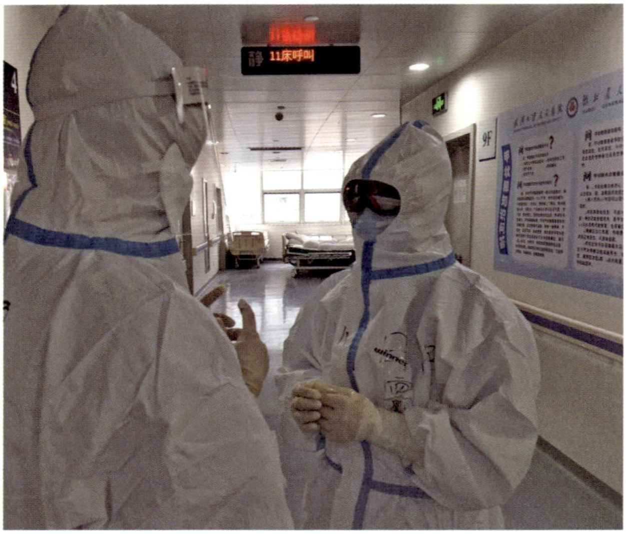

四川日报社记者李寰（右）在武汉大学人民医院东区采访

拍过静谧的武汉闹市区，听到过晚上武汉人民高亢的歌声，步行数公里直播过火神山医院搭建过程，深夜4点拿着摄像机蹲守过医院急诊科的大门。除了切中问题，回应关切，还记录下那些普通人之间的感人瞬间，从医院到住宅的“摆渡人”，穿梭城市中的外卖员，到守在每一个关卡的警察，挨家挨户排查的社区工作人员，超市、药房、菜场的售卖员……

我们用图片、文字、Vlog、直播等方式，讲述这个城市每扇窗后的人生故事。为了直击医护人员与死神赛跑抢救生命，我们的采访足迹到达方舱医院、重症病房，与医护人员一样，我们会为一名患者的病情好转而激动，也会因患者为四川医疗队竖起大拇指而骄傲。

我采访过这样一对前后两天进入武汉大学人民医院抢救重症患者的医生夫妇，他们的女儿正值中考。我问妻子：“您来这里，不担心孩子的学习吗？”这位医生说：“学习是一辈子的事情，但是抢救患者的生命往往就在一瞬间，这时候患者比我的女儿更加需要我。”文章刊发以后，很多读者留言：“这对夫妇用行动践行了什么是责任与担当，这将会成为女儿一辈子的财富。”

我在采访中得到这样一组数据，2月6日，华西医院再征集100

名护士驰援武汉。不到两个小时，1130份请战书纷至沓来，占了华西医院护理人员的1/3，其中超过80%的都是“80后”“90后”的年轻人。这样的场景，让我想起了网上流传的一句话：他们都还是孩子，只不过是穿起了白色的衣裳，学着长辈的样子，从死神手里抢回一个个生命。“你为什么要去武汉，你害怕过吗？”这样的问题，我曾问过许多医疗队队员。一名护士对我说：“我是重症监护室的护士，我具备护理重症患者的能力，当看到疫情暴发之后，我就做好了出发的准备。”而我，是一名跑医疗口的记者，到武汉一线采访是我的职责所在，这就是我们都坚定选择出发的原因。

说不害怕，这是假话。一名医生从隔离区出来的时候注意到自身防护服上有一道口子，一个晚上没有睡觉，这个失误极有可能导致她被感染。每次从隔离区采访出来，医生都要求我们用酒精擦洗鼻孔、耳洞和眼睛，常常熏得眼睛都无法睁开，回到房间之后，还要用50℃高温的热水洗澡消毒。“没有人生而英勇，只是我们都选择了无畏”，这样的话，我拿来当作答案，回复给了关心我的亲朋好友。

2020年8月，我在习近平总书记在威海刘公岛题写的“十三亿多中国人要发愤图强”牌匾前合影留念，这句话给了我极大的感触。正是因为14亿中国人的齐心协力，才让我们能够在短时间内战胜疫情，“生命至上、举国同心、舍生忘死、尊重科学、命运与共”的伟大抗疫精神，铸就了每一个中国人的人生坐标。

奋战“疫”线，书写新时代媒体担当

宁夏日报社　尚陵彬

2016 年 2 月，习近平总书记在党的新闻舆论工作座谈会上指出，“好的新闻报道，要靠好的作风文风来完成，靠好的脚力、眼力、脑力、笔力得来”。这是对新形势下宣传思想战线队伍建设提出的总要求，是对广大宣传思想工作者寄予的殷切期望，也是我们新闻工作者需要践行的重要实践课题。

对一名记者来说，只有通过践行“四力”，多跑、多看、多想、多练，才能写出好新闻，在这次抗击新冠肺炎疫情的新闻报道战役中，践行“四力”尤为重要。

从 2020 年 1 月 21 日宁夏出现第一例确诊患者到 3 月 16 日宁夏清零，我一直参与宁夏抗击疫情防控报道工作，冲在战“疫”最前线。55 天采写各类新媒体文图视频稿件和报纸稿件超过 300 件。

1 月 26 日，经宁夏回族自治区卫生健康委和自治区第四人民医院同意，我和报社视觉中心记者采写的一线独家报道《宁夏日报记者深入疫情救治一线：这里的“战场”没有硝烟》，打响了宁夏新闻人参与战“疫”的第一枪。

此后，宁夏 6 批援鄂医疗队出征我几乎全程参与。为了抢抓新闻时效，在医疗队出征之际，我在银川河东机场边采访边拍照边发稿，抢占新闻第一落脚点。在医疗队到达湖北武汉、襄阳等地开展工作后，抓住医疗队队员轮班休息的时间，连夜连线襄阳、武汉采访，刊发了《你短发的样子真美！宁夏援鄂医疗队女队员剪发上前线》《宁夏日报记者电话连线宁夏援鄂医疗队队员：你们在前线还好吗》等独家报道，引发热烈关注，阅读量达到“30万+”。

1月30日，得知宁夏医科大学总医院急诊科接诊了一例发热患者，并确诊为新冠肺炎患者后，我和战“疫”前线采访小分队一道，深入宁夏医科大学总医院急诊科采访，采写了独家新闻《宁夏日报记者独家探访疫情救治一线：“当时，我与病毒的距离只有0.1米”》，

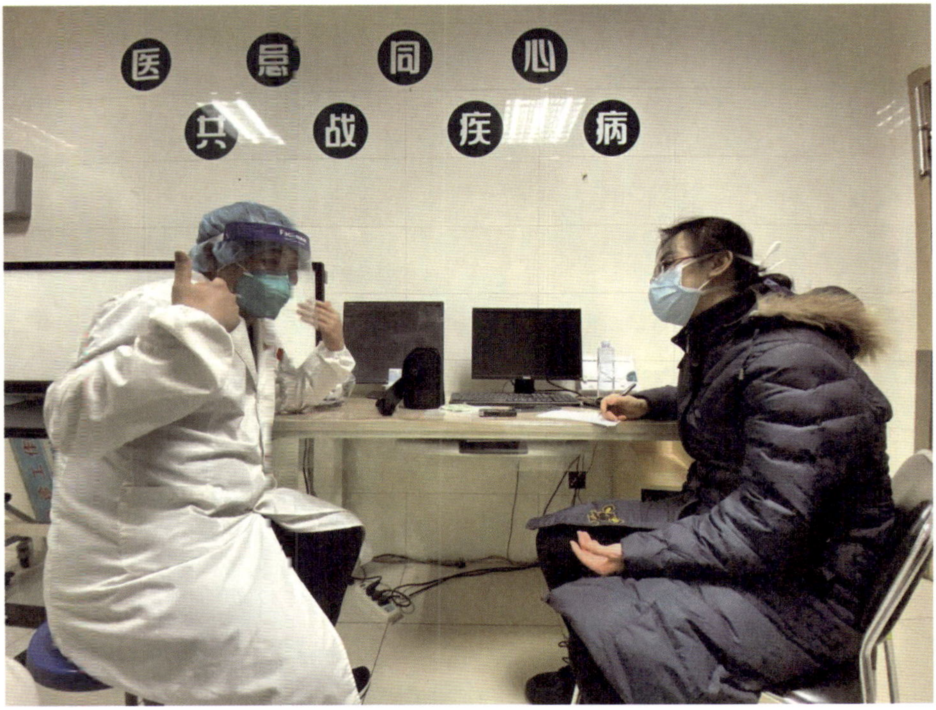

宁夏日报社记者尚陵彬（右）在宁夏医科大学总医院急诊科采访该院第一个密切接触过新冠肺炎确诊患者的医生

这是我第一次与接触确诊病患的医生面对面访谈。

此后，我多次进入宁夏疫情救治的唯一定点医院宁夏回族自治区第四人民医院采访，并申请驻点采访。我每天坚守病房外围，采访专家和患者，现场刊发了《视频|战“疫”一线的第一批医护人员从隔离病区撤出》《刚刚，宁夏首例确诊患者治愈出院！》《视频|14天穿越生与死，听听宁夏首例出院患者的心声》《视频|宁夏医疗专家组成员介绍首例出院患者救治过程》等新媒体报道，点击量创“10万+”。

2月8日，我正式进驻宁夏回族自治区第四人民医院，深入了解医护人员为打赢疫情阻击战无私奉献的感人事迹。在医院期间，我与医护人员同吃同住，深入采访医院各个岗位上的工作者，刊发了《来自战“疫”一线的报道：他们才下火线14天，又集体递交了请战书》《忙得连元宵节都不记得了》《一首歌、一支队伍、一场战“疫”中的艰辛与坚守——让生命之花绚丽绽放》等大量鲜活生动的独家报道。

2月22日，我进入隔离病区记录宁夏首次运用血浆疗法救治患者的全过程。采访、拍摄4个多小时后，我推出了重磅报道《夜访隔离病区——在自治区第四人民医院亲历战“疫”》和视频报道《独家震撼！穿越重重消毒区，宁夏日报记者夜访隔离病区》，以第一视角看到宁夏医护人员在疫情救治一线艰苦工作的真实影像。

在申请进入隔离病区时，一直有人在问我：“别人都避之不及，你为什么还争着闹着要往上冲？你就不害怕吗？”我说：“因为我是一名记者，我必须亲临一线。不是我不怕，是我必须不怕。”

进入隔离病房后我才明白，在这里工作是多么不容易。那些被称为“大白”“蓝精灵”的隔离服、防护服是塑料制品，停下来时冻得人发抖，走起来却密不透风，很快就捂出一身汗。口罩、帽子、手套、脚套都要戴三层，层层叠叠穿到身上，连对面的人说话都听不清。在隔离病区里只待了 4 个小时就体力透支，脑壳、耳朵生疼，医务人员却每天如此！在战“疫”报道中，我认真观察每一刻，认真记录每一刻，为白衣天使讴歌。我希望，能用我的笔，让大家铭记是谁用血肉之躯为我们筑起了抗击疫情的铜墙铁壁！

2020 年 3 月 16 日，在宁夏新冠肺炎确诊患者定点救治医院宁夏回族自治区第四人民医院，最后两名确诊患者治愈出院后，宁夏日报社记者尚陵彬（右三）和该院医务工作者合影留念

这次参与抗疫报道的宝贵经历，也让我深切感受到了一名记者的责任和使命。从业 14 年，我也是一名新闻老兵了，对新闻的热爱刻在骨子里。这 14 年里，不断有人问我，什么是真正的新闻？近几年，也有人对媒体特别是党媒提出疑问，说现在自媒体这样发达，人人都有麦克风、人人都是记者，你们还有什么价值，你们过时了！这些问题一直压在我心上，让我不断思考着到底什么是群众需要的

新闻，什么是老百姓爱看的新闻。这次疫情，对人类来说是一场灾难，但对新闻人而言，也是发挥作用的最好时机。此时此刻，公众最需要看到的就是真实可信的新闻报道。而我有机会冲锋在前线，就要拼尽全力取得最真实可信的新闻素材。同时，我也想告诉大家，不是只有负面报道值得“10 万 +”，正能量报道更值得“10 万 +”。记者要客观公允，更要传递正能量，通过报道起到凝聚人心鼓舞士气的作用，这是记者在疫情一线的意义所在。面对重大突发公共卫生事件，记者必须像其他战线的战士们一样，不断深入最前线，不断前行在路上，用亲眼所见亲耳所闻，触摸最前线最真实的故事，用优质的新闻报道作品击退谣言，用优质的新闻作品向人民群众传递信心和力量！

致敬不平凡的 2020 年

西藏广播电视台　王鸣阳

2020 年 1 月 29 日，新冠肺炎疫情蔓延到了边陲西藏，一位内地来藏的游客被确诊，消息传来，西藏各行各业开始动员起来，积极投入抗击疫情的战斗中。

1 月 30 日晚，我接到采访任务，去这个确诊病例所在的西藏自治区第三人民医院重症病房采访。那是我第一次走进传染病房隔离缓冲间。我和搭档穿着厚实的防护设备，如实报道了患者的康复情况和医护人员的救治工作，通过我们的报道，西藏群众直观看到了病房里的情况，听到了最权威的声音。患者出院时我再次采访了他，那天我们一直跟拍到他上火车离开西藏，此时，西藏病例数重新“清零”；此后，西藏再也没有出现过确诊的新冠肺炎病例。

在抗疫斗争中，雪域儿女获得了党中央和全国各族人民的大力支援，众志成城地筑起了抗击疫情的坚强防线，尽到了对祖国大家庭的责任，这让我深感骄傲和自豪。疫情期间，作为新闻工作者，我奔波在自治区的各行各业，亲眼见证了坚守者、劳动者的忘我奉献，他们当中有白衣天使、人民警察、铁路职工、电网职工，也有志愿者、个体商户、农牧民群众……有的人连续工作上百小时，有的人连续检测分析上千个样本，有的人自己家与单位仅一墙之隔却日日不归……我们之所以能够战胜疫情，是因为有千千万万颗勇敢的心凝聚在一起，大家守望相助、团结奋斗，心往一处想、劲往一处使，打了一场疫情防控的人民战争。

2020 年，我们逆风破浪、成就非常。走进新的纪元，我们依然怀揣少年梦想，愿 2021 年的所有美好，如期而至。

像勇士一样满怀信心一往无前

青海西海都市报社　周建萍

这并不是我一个人的故事，而是数十位一线记者的合集。

新闻工作者虽然不是直接参与救治病患的医护人员，却同样深入前线，把最及时的资讯、最权威的消息传递给受众。每个人都在用专业和真情书写着“青海速度”“青海温度”，汇聚战胜疫魔的“青海力量”。

时间回到那个让人揪心的时刻。自 2020 年 1 月 28 日起，我和几位同事作为第一梯队主力成员奔赴一线，参加疫情防控指挥部新闻发布会、深入收治点医院、探访社区防控一线、连线驰援武汉的青海医疗队成员……我们报道了一个又一个党委政府决策部署，向社会传递青海省疫情防控的最强音。

开完第一场新闻发布会，我打开电脑开始写稿的那一刻，毫不夸张地说，手真的抖了几下。当年参与玉树地震报道时经历的一幕幕涌上心头。大灾大难之时，最考验媒体的公信力和战斗力。我所在的队伍，从指挥到前线，每一次都配合默契，及时将权威信息发布出去。

2 月 5 日，青海省首批治愈的 3 名确诊患者达到出院条件。短

青海西海都市报社记者周建萍（右三）和同事们采访医务工作者

短几天就能治愈出院，这比治疗重感冒还快。医护人员们、疾控工作人员们付出了巨大努力才换来这样的成果。他们的故事和心声，需要我们媒体从业者报道出来。于是，我和同事们分头行动，开始寻找战“疫”各个环节上的“战士”们，将他们的故事采写成《离病毒最近的“幕后”战士》《一张张请战书　书写医者仁心使命担当》《他们在一线防疫“战地”党旗飘扬》《13 天 312 小时战病魔》《疫情面前“守门人”奋战在先》《能够战斗在武汉是自己一生的骄傲》等一篇篇报道。

没有过不去的冬天，没有到不了的春天。每天在一条条新闻中，我们看到了全国上下、中华儿女与病毒殊死搏斗的坚定信心。代表青海人民勇赴武汉前线的医护人员、载着青海物资驶向湖北的运输车、守护青海“大门”与社区“小门”的一线干部职工们，他们的故事深深感动着我。

带着这些感动，我和同事们将继续深入一线，采写更多报道，积极践行“四力”，像勇士们一样，带着信心一往无前。

战"疫"中的兵团担当

兵团日报社　陈琼

极不平凡的2020年，给人们留下了深刻记忆。这一年，新冠肺炎疫情来势汹汹，严峻挑战突如其来。

疫情就是命令，防控就是责任。

"我报名！""我请战！""我是党员，让我去！"……铿锵话语，展现的是兵团人的担当和责任。

作为一名记者，我被兵团战士在疫情面前一往无前、坚不可摧的精神风貌感染，写下了一篇篇兵团人驰援武汉的战"疫"故事。

"国有难，召必来，来必战，战必胜。请大家放心，我们兵团儿女一定不辱使命！"2020年2月4日晚，乌鲁木齐地窝堡国际机场，兵团援鄂医疗队医护人员整装集合，连夜赶往湖北武汉。3500公里，两天三夜急行军，从最远的西北出发，兵团援鄂医疗队车辆日夜兼程，一路向前。从深夜出征到坚守方舱，我采写了50余篇相关报道，见证了兵团援鄂医疗队的这场"逆行"驰援。

在武汉，兵团援鄂医疗队自己动手搭建帐篷医院，队员们每天工作[illegible]小时以上，穿着厚重的防护服四处奔忙，稍一活动就是一身汗。为了不耽误工作，他们每天都吃得很少，尽量不喝水，很多人

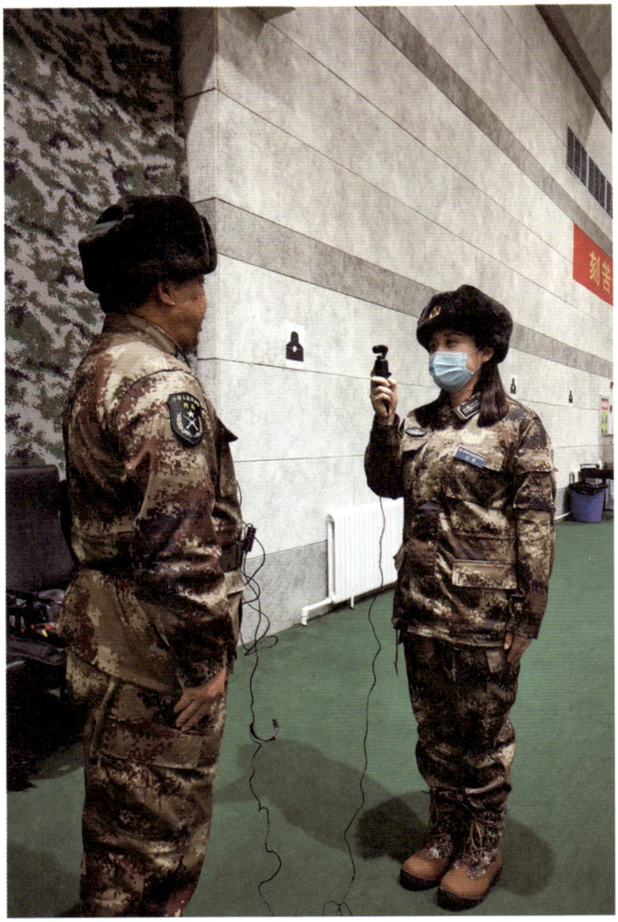

新疆兵团日报社记者陈琼（右）正在采访

平生第一次穿上了纸尿裤，力争工作时间久一点。

兵团援鄂医疗队队员袁改玲一心扑在抗疫一线，每次约好和家人视频通话，却常常错过时间。丈夫雷颂杰理解妻子的辛苦，当得知袁改玲剪去了心爱的长发，他安慰道：“在我心里你是最美的，注意安全，家中有我，全心抗疫，等你回家。”

作为检验组的医生，兵团援鄂医疗队队员杨宗树和同事们每天都要接触到大量确诊和疑似新冠肺炎患者的各种标本，包括血液、痰液等，他们无疑成了离病毒最近的人。“虽然离病毒很近，但是我们没有时间害怕，及时准确地做出每一份检验报告，就能为临床治愈患者争取到宝贵的时间。”采访时，杨宗树告诉我。

40 多个日日夜夜，从寒冬到暖春，兵团援鄂医疗队 107 名队员，全力支援湖北抗击疫情，从死神手中夺回 868 条鲜活的生命，实现了住院患者零死亡、舱内医护人员零感染、出院病人零复发，圆满完成了援鄂任务。

用新闻报道、短视频、照片记录下他们在方舱战“疫”的难忘日子，我收获了许许多多的感动，如同和他们并肩战斗。离开时，岁暮天寒，回来时，已是春暖花开。我们坚信，团结合作是抗击疫情最有力的武器。

创新篇

一图胜千言：重大突发新闻报道的视觉化呈现

——以《人民日报》疫情防控“视觉”专版为例

人民日报社　臧春蕾

突如其来的新冠肺炎疫情，是一场重大突发公共卫生事件。非常时期，当有非常报道。作为传统纸媒，人民日报社史无前例地推出“视觉”系列图片专版，为重大突发新闻报道的视觉化呈现做出了积极探索。作为后方编辑，我不能上前线，只能用策划、用版面、用选题，与前方记者并肩战斗。

新冠肺炎疫情发生以来，人民日报社第一时间启动应急报道机制，适时调整报纸版面，全力投入抗疫报道。2020 年疫情防控期间，每周推出 6 期整版“来自疫情防控一线的报道”系列图片专刊。

系列报道刊发后，宣传主管部门给予肯定，认为这种超常规独具特色的策划理念和采编实践，直观展现了湖北武汉疫情防控一线的最新进展和现实场景，令人心灵受震撼，动情至泪目。人民日报“视觉”专版成为主流媒体中一道独特的风景线，为重大突发事件报道留下值得珍藏的视觉记忆。

人民日报社记者臧春蕾在对《坚决打赢疫情防控阻击战》“视觉”版进行拼版操作

为什么要做图片专版？

自摄影技术诞生以来，新闻图片便以其及时、形象、真实、直观的优势，在各类新闻报道特别是重大突发事件报道中发挥着独特的作用。从 2003 年抗击非典，到 2008 年汶川地震，再到 2020 年抗击新冠肺炎疫情，运用单幅或成组新闻图片并配文字说明进行报道，一直是人民日报乃至所有纸媒报道的“标配”。然而，由于受到图片来源、版面数量、印刷方式、编辑理念等多方面限制，多是以单幅或组照形式，在一定程度上限制了新闻报道的表达空间。

此次在极短时间内策划、编辑并连续推出的“视觉”版，在新闻图片的刊登规模和刊发频次上，创下人民日报历次重大突发事件报道之最。视觉专版每期从一个层面切入，将人们关心的诸如驰援武汉、物资供应、党员示范、基层防护等热点话题分类刊发，按照浏览量和刊登量接近 1000：1 的比例，选用 5—7 张新闻图片，在强调图片报道时间新、内容新、视角新的同时，又注重发挥组照报道“深”的优势，用来自新闻现场的多幅图片，多侧面集中阐述同一个主题，每幅图片既能独立成为一篇图片报道，又能通过同一版面多幅图片的逻辑组合，强化报道深度，引发受众共鸣。

为什么要在纸媒做图片专版？

抗击疫情期间，涌现出了许多时效性强、冲击力大的融媒体产品，有文字、图片，还有视频。在这种情况下，为什么要在纸媒上做“视觉”专版呢？因为我们始终认为，人民日报不仅仅是一张新闻纸，它还是历史的记录者。今天的我们，能从过去的人民日报中感受党、国家和人民一路走来的历史脉搏，我们也希望，若干年之后，能为人们留下一份可观可感的视觉记忆。

为什么要在人民日报做图片专版？

疫情突如其来，防控和救治一线的情况牵动人心。各类紧急情况经常发生，防控举措灵活调整、因时而变，新闻报道更要紧跟疫情防控进度和中央最新指示。疫情防控初期，“视觉”版怎么找选题、确立每期主题？

2020 年 3 月 10 日，习近平总书记在湖北省考察新冠肺炎疫情防控工作时指出，在这场严峻斗争中，湖北各级党组织和广大党员干部冲锋在前、英勇奋战，全省医务工作者和援鄂医疗队队员白衣执甲、逆行出征，人民解放军指战员闻令即动、勇挑重担，广大社区工作者、公安干警、基层干部、下沉干部、志愿者不惧风雨、坚守一线，广大群众众志成城、踊跃参与，涌现出一大批可歌可泣的先进典型和感人事迹。

截至通稿消息见报的那一天，习近平总书记点赞的每一个群体，我们都在“视觉”版上进行了专题报道。这种对选题的敏感度，是版面编辑长期经验积累的结果，也是人民日报做“视觉”专版的优势所在。

“视觉”专版是人民日报在非常时期的全新探索，在创作过程中，我们时刻不忘“守正创新”4个字，为人民日报的重大突发新闻报道作出了一次卓有成效的尝试。编辑记者在这个过程中切实锤炼了“四力”，提高了本领，取得了进步。随着疫情防控进入常态化阶段，“视觉”版的主题也拓展到了“统筹抓好改革发展稳定各项工作”上来，继续聚焦国民经济恢复活力，关注各行各业复工复产、经济社会秩序加快恢复的喜人局势，用图片刻画当代中国的脉动。

移动慢直播、微视频……都用上了

人民日报社　温腾

与其说离真相太远，不如说是离现场太远。2020 年 1 月 29 日大年初五，我和同事们背起“长枪巨炮”，踏入了抗疫主战场——武汉。在抗疫一线奋战的两个多月里，我们用新媒体的各种手段和形式记录、分享和感受。

在新闻现场，我们用直播与时间赛跑。镜头旦，我曾四入雷神山医院：2 月 1 日，我看见施工现场热火朝天；2 月 6 日，我看见一座医院拔地而起；2 月 7 日，我看见医疗设施一应俱全；2 月 8 日，我看见首批患者进入病房接受治疗。患者的咳嗽声犹在耳畔，医护人员干练忙碌的身影如在眼前。这，就是镜头里的现场。我看见“中国速度”的同时，也看见了中国人赢得战“疫”胜利的能力和决心。

在街头巷尾，我们用系列短视频记录英雄故事。2 月 25 日的雨夜，我和同事来到安置滞留武汉外地人员的旅馆。“守夜人”老胡守护着“武汉客”，凌晨 4 点，他发来消息：“外地那么多人驰援武汉，我肯定不会把大家往外推，我要对他们负责。”像老胡这样的武汉“守夜人”，还有很多很多……他们是大时代里的小人物，也是小故事里的大英雄。

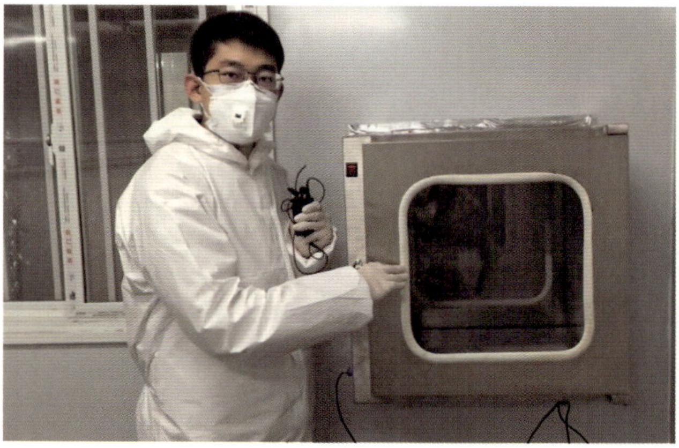
人民日报社记者温腾在雷神山医院病房内直播报道

在武汉的春天里，我们用技术创新与网友分享信心与美好。当武汉疫情防控进入收尾阶段时，恰逢樱花盛开。为了让广大网友身临其境地感受“樱白似雪，落英缤纷”，我们尝试用“AI+5G”推出全国首个移动慢直播，带网友“边走边看”。业内首创AI移动慢直播不是一件容易的事。在第100次失败后，我们仍然进行了第101次尝试。在我们看来，战“疫”够“苦”了，这份春暖花开的“甜”不可或缺。

在举国驰援时，我们用主题微视频点燃希望。我们制作的微视频《武汉保卫战》记录了众志成城、全民战“疫”的决心。截至2020年3月24日，该视频在人民日报“两微一端”总阅读量1868.6万次，总评论量5566次，微博话题阅读量2462.4万次，取得了良好的传播效果。

随着疫情逐渐缓解，湖北地区生产生活秩序正在恢复。这次“疫”线报道带给我的收获，将是我一生的财富，伴我在生活的战场上，一往无前。

忠实履行职责　创新报道机制

新华社　刘刚

在全国抗击新冠肺炎疫情表彰大会上，新华社武汉前方报道团队被评为先进集体。2020 年 9 月 8 日，我作为先进集体的代表荣幸地在北京人民大会堂参加表彰大会，当天写了一条稿子——《为英雄点赞，为祖国自豪》。向英雄致敬，为祖国骄傲，这也是我参加武汉战“疫”报道，乃至在新华社参加组织全球疫情报道时内心的感受。

“世上没有从天而降的英雄，只有挺身而出的凡人。”习近平总书记的讲话深刻而打动人心。全国人民都为“热干面加油”！大家都说：“全中国等你痊愈，我们相约春天赏樱花。”这些熟悉的话语，许多都来自媒体报道和网络上的留言。大会堂里一次次响起雷鸣般的掌声，是全场的共鸣，是党心民心心心相印的写照。

习近平总书记在讲话中将新闻工作者与其他抗疫领域的人员并列，既是对新闻工作者的关心也是肯定。习近平总书记将伟大抗疫精神凝练成一句话，“生命至上、举国同心、舍生忘死、尊重科学、命运与共”。试看，当今世界哪个国家能够有这样崇高的精神理念？

为什么中国能？就在习近平总书记总结的 6 个方面的深刻启示

中：党的领导、群众力量、制度优势、坚实国力、精神动力、人类命运共同体主张。这也是我们做好当前和今后工作的基础。结合学习习近平总书记重要讲话精神，我围绕 3 个关键词来介绍新华社武汉抗疫报道情况。

一、闻令而动——队伍是如何集结的？

2020 年 1 月 20 日，习近平总书记就疫情防控工作作出重要指示后，按照《新华社突发公共事件新闻报道应急预案》的要求，新华社启动重大突发公共事件应急响应机制，成立由社长、总编辑任组长的疫情防控工作领导小组。湖北分社领导带头取消春节休假，26 名采编人员当时有 24 人返回岗位。

1 月 22 日，武汉“封城”的前一天，新华社开始向武汉派出应急报道增援人员。1 月 25 日，成立了武汉前方报道指挥部，按照“战时”状态组织指挥武汉和湖北疫情主战场的报道。“前指”运行至 4 月 27 日，共计 94 天，先后有 85 位同志参与工作。分社两名在西安、重庆老家探亲的记者，就近与增援人员取得联系前往武汉；在湖北休假的总社和其他国内分社的 30 名同志，大多尽可能地参加了采访活动，有的在当地的突发事件报道中发挥了重要作用，特别是有 8 名同志克服困难离开家，加入了武汉、孝感、黄冈的报道团队当中。新华社医务所向“前指”派出了两名医护人员。如果加上技术、后勤、外围采访等人员，新华社在湖北的报道力量有 100 多人。这些同志有的曾经战斗在抗洪报道的最前沿，有的参加过汶川大地震的报道，还有在阿富汗战争、利比亚战争期间的战地记者，除老记者外，还有后起之秀。35 岁以下 33 人，占 40%，其中“90

后”18人，“95后”3人。此外，在19个省区市对口帮扶湖北16个市州时，19个省区市的新华分社也加入涉及武汉的报道中来。

新华社社长何平同志曾经说，在1月底2月初情况紧急时刻，你不去武汉或是离开武汉，可以有许多理由，但去武汉和留下来，有一条理由就可以了——你是记者，你要履行职责，因为新闻就在那里。湖北分社“90后”记者熊琦，1月23日凌晨得知武汉可能要“封城”的消息后，只身驾车从老家荆州紧急赶回武汉。次日除夕夜，他勇闯“红区”，进入重症隔离病房采访。他那台最早拍摄关于重症隔离区新闻图片的相机，在5月18日第44个国际博物馆日，作为“新冠肺炎疫情防控代表性见证物”由新华社捐赠给南京博物院收藏。

二、显政——报道的主题主线是怎样确定的？

举旗帜、聚民心、育新人、兴文化、展形象是党的新闻工作者的使命任务。

2020年1月25日，农历正月初一，我在新华社总编室值班。当晚9点，新华社召开会议，传达学习当天习近平总书记在中央政治局常委会上的重要讲话精神，何平同志部署报道，落实中央提出的“强化显政，坚定战胜疫情信心”有关要求。

新华社作为国家通讯社，宣传贯彻习近平总书记指示精神，紧紧围绕“总要求”“总目标”以及“四早”“四集中”“四率”等组织策划报道，反映中央应对疫情工作领导小组部署，做好中央指导组重要活动报道，体现各级党委政府行动和措施，满足人民群众知情权，消除恐慌情绪，就是强化显政；凝心聚力，反映群众的呼声

新华社记者刘刚（右）在采访武汉客厅方舱医院负责人、武汉大学中南医院副院长章军建

和力量，抓住主要矛盾，体现矛盾的转化，就是新华社的重要职责。救治患者、阻隔传染源、提供医疗和生活保障、开展科研创新 4 个方面是当时的主要矛盾也是主要任务。

从救治这条线看，有新建火神山、雷神山医院，改造定点医院，建立方舱医院及隔离点等，反映“床”等人是怎样实现的。

从防控这条线看，“封城”不光是切断对外传播源，也要加强社区封控，甄别出“四类人员”，实现应收尽收；当时最紧迫的科研创新任务是提高核酸检测能力，从每日 300 例到 2 万例是重大突破。

从支援这条线看，武汉主要是传染、呼吸、重症医学等医务人员不足，防疫医疗物资和生活物资需要协调保障，因此充分反映 4.2 万余名医务人员驰援、反映“停不得”企业的坚守和复工复产情况等就成为报道策划的题中应有之义。

确立主题主线后，记者力量布局就明确了。

我们安排2名文字记者和1名摄影记者负责中央指导组活动的报道，还与当地有关部门保持联系，力争排除杂音、噪音，及时发出权威声音，报道被海内外媒体广泛采用。

我们把对专家学者的采访放在重要位置。广大医护工作者、解放军、公安民警、疾控人员、社区工作者和居民、志愿者、乡村干部群众、建筑工人和患者等，也都是践行“四力”采访的主要对象。通过了解他们的所思所想、表现他们的作为和奉献，这座寂静的城市变得鲜活起来。对海外人士、留学生、生活困难群众以及滞留人员的采访，也能体现出这座英雄的城市虽陷困境，但依然具有同舟共济的爱心，让全国、全世界了解真实的湖北和武汉。

据不完全统计，我们在《一线抗疫群英谱》等栏目中报道的医护工作者超过600人，社区工作者（含下沉干部）、公安民警、志愿者等也分别在100人上下，推出了张定宇、刘智明等先进人物事迹，也在抗疫史上留下“雨衣妹妹”、阿念等凡人善举的动人故事。

对舆论关注重点，对群众深恶痛绝的问题，开展建设性的舆论监督。《新华视点》是新华社知名的舆论监督类栏目，依托这一栏目，前方记者吃透中央精神，不畏艰险，突破封锁，回应社会关注的热点，从而更好引导舆论。比如，“数据”既是判断新冠肺炎疫情走势的依据，又是发现问题的线索。围绕疫情数据我们组织进行系列调研采访，一“盯”到底，播发了《武汉数百新增确诊病例从哪里来？》《武汉累计治愈出院3万多人，后续如何管理和监测？》《湖北多地新增确诊病例归零，该怎么看？》等，受到媒体用户欢迎，稿件少则被二三百家媒体采用，多则上千家。关于无症状感染者和在武汉开展流行病学调查等建议受到高度重视，并对相关问题的解决起到促进作用。

三、融合——机制创新是怎样实现的？

作为世界性通讯社，新华社每天用12种语言播发文字、图片、音视频、新媒体等报道。必须将武汉前方一线采访与后方编辑部形成合力，才能彰显传播优势。为了应对新冠肺炎疫情报道的复杂情况，我们创新采编流程，建立起集中统一、高效运转、灵活多变的战时报道机制。

一是发挥“前指”组织策划作用。每天召开策划会抓重点、排热点、解难点，责任落实到人头。还通过每天的视频汇报会、专题策划会等与总社各编辑部保持沟通，做到一体行动、令行禁止。主要抓品牌栏目，坚持重点突出，强化媒体融合。将“新华全媒头条”“新华视点”“习近平总书记关切事”“新华时评”等新华社重点品牌栏目稿件的制作、审核等关键步骤前置，围绕宣传重点组织策划栏目稿件。抓住清明哀悼、武汉“解封”等重要节点精心组织采写了一批短小精练、富于情感的优秀消息、侧记等作品，受到用户广泛关注，成为前方发稿的压舱石。

二是建立24小时新媒体报道响应机制。坚持移动端优先原则，前后方无缝对接，逢遇重大新闻时以海报快讯等形式拼抢时效。对涉及中央指导组活动、国新办发布会、湖北武汉疫情防控举措成效等权威信息，第一时间编发新媒体报道，以适应疫情期间传播要求，发挥主力军主渠道主阵地作用。着眼于新媒体规律组织报道，鼓励一线记者尽快将素材入库，由“前指”负责人调度，前后方编辑协同制作适配不同终端平台的产品。

三是采集端整合。“前指”将湖北分社和来自总社11个部门、

4 个其他国内分社的增援记者组建成文字、摄影、音视频、新媒体相互协同的全媒体采访组，依据采访主题调度人力，前期将为数不多的英文记者相杂其间，后期随着报道重点转移和新增外语记者力量加强，专门组建了对外融媒体组。后方北京编辑部有上千名编辑对接武汉。优化流程并不是减少流程，“三审一校”“四审一校”的基本要求没有改变，后方编辑部加强核校、编辑力量，对保障前方发稿安全起到了重要作用。武汉“前指”播发各类稿件超过 1 万条（张），发稿实现零差错、零改稿。单篇稿件媒体最高采用超过 8200 家次，浏览量过亿次的融媒体产品有 10 余组，得到社会各界高度评价。

四是发挥新华社红色基因的政治优势。组建增援人员临时党支部，使来自不同部门、分社的同志统一思想、统一行动，形成具有强大战斗力的团队。最危险的采访，总是党员先上。支部始终把防疫工作放在首位，确保零感染。临时党支部还组织了为湖北疫情严重地区捐款等活动，两次举行火线入党宣誓仪式，5 名表现突出的青年记者成为预备党员。

找到自己的突破口

中央广播电视总台　任梦岩

身为中央广播电视总台央广中国之声特别报道部记者，就意味着要7×24小时待命，随时准备前往新闻现场。

2020年2月12日，我作为央广第三批报道队记者，动身前往武汉。中央和部门领导把我和同事们送到北京西站，坐上G505次列车，一路南下，驶向战场。

来到驻地酒店，我见到早已在这里战斗了两周的同事们。第二天，我去武汉协和西院区采访出院患者，虽然不进“红区”，但看到其他媒体同行有的穿防护服、有的戴头套、有的戴“潜水护目镜”，我不免也有点紧张。同事说，来久了，就没那么紧张了。

第一天的采访很顺利，有一位出院患者面对我们特别有表达欲。但接下来的14天，一天一篇稿子的发稿量，让我感觉像是在“打仗”。广播报道需要用声音表现现场，前期有大量的现场素材可以选用，选题不愁，但随着疫情逐步得到控制，治愈患者出院的消息已日渐平常，已不再是新闻了。

这时候，就要想法子开辟新战场。在武汉采访，最让我感动的，除了无私奉献的医护人员，还有那些来自各地的志愿者和社区干部，

中央广播电视总台记者任梦岩在前往武汉的列车上

有的志愿者之前从未到过武汉，来到这里，只是单纯地想帮助别人。

为了让报道体现独家角度，我努力从广播特性出发，抓住声音的感染力。我想，在疫情报道中，借助口述的力量和声音的优势可以迅速找到突破口。此次疫情报道中，我们分三批进入武汉，团队里有6位记者和1位带队主任，在经历了刚开始的“乱战”后，我们及时调整了节奏，分别确定了报道重点方向，有的扎根社区做深度、有的跟随方舱跑动态、有的紧盯医疗队、有的专注于志愿者报道，还安排专人负责每天的动态新闻对接。按照这样的“临时分口”，把工作做在前面，报道的质量、深度都有很大提升。

从2020年2月12日开始，我亲眼看着武汉一天天好起来。其间，遇到外地来支援的医疗队、志愿者，他们说得最多的是“疫情不灭、我们不退”。同样地，在前方报道的我们也坚定了信念，与武汉共进退。

在报道中体现党性与人民性的高度统一

光明日报社　章正

作为一名青年党员和党报记者，2020 年 1 月 29 日，我赶赴武汉抗疫一线进行报道，一路所见所闻，令我对中国力量、中国精神、中国效率有了更加深切的体会，对从事新闻工作的理念路径、职业价值也有了全新的感悟。

公开报道力求抓“活鱼”

2020 年 1 月底，作为光明日报社首批派往武汉一线的记者，初到武汉，就遇到了现实问题——如何写出不一样的新闻?

经过前后方讨论，我们明确报道方向：一方面，要写好战“疫”精神；另一方面，希望抓一些“活鱼”。

在采访过程中，注重挖掘生动细节。我们在采写《阻断疫情筑好社区“第一道墙”》时，报道着重还原真实现场细节，避免使用过多形容词。比如，“彭彩感到一阵头晕，正在社区党群服务中心消毒拖地的她，狠狠地撞到了椅子上”。

在写作过程中，始终关注人的精神。各家媒体都在争相报道，

光明日报社记者章正在方舱医院开舱前采访

如何写出光明特色？除了要写出令人感动的细节外，还要进一步抽离出理性的因素，凝结成新闻内核——人的精神。例如，在《战“疫”的力量》一文中，我们从科学排班、物资管理等角度入手展现医务人员的科学精神。之后，再进一步提炼，党员的初心使命是真刀真枪干出来的。

在写作过程中，聚焦新闻冲突。2 月中旬，如何降低死亡率？这是我们关注的重点。于是，我们将目光对准一个具体空间——重症监护室。我们采访到在第一线的专家陈作兵，把采访话题聚焦在如何降低死亡率，并详细介绍了“四抗二平衡”救治方案。

内参报道直击重大话题

作为党媒记者，不仅要做好新闻宣传，亦要关注内参报道。

2020 年 3 月 3 日，武汉大学为媒体安排了一场座谈会，武汉大学病毒学国家重点实验室负责人也在现场。会议结束后，我找他攀谈，请教了一些专业问题。3 月 7 日凌晨，他接受了我的专访，写成了内参稿件。很快，建议就有了反馈，他也兴奋地告诉我，与相关部委已经进行了沟通。此后我又再次约访了教授，稿件同样受到有关方面高度重视。我深刻体会到，光明日报社记者要成为学者的知心人，要把有识之士的建设性观点通过内参报道形式传递给党中央，造福国家和社会。

报道从群众中来也到群众中去

战“疫”报道还要关注“小问题”，也就是与群众利益密切相关的选题。

刚到武汉时情况紧急，我们也参与到病患救治信息收集工作中去。患者入院后，我们又一一进行电话回访，这对于解决实际情况帮助很大。

一位年轻人陈某告诉我们，她的母亲病情加重，我们联系医院与之对接。之后，又反映她母亲患病后依然从事护工工作。为此我们采写了《关于武汉某社区养老院防控隐患的情况反映》，第二天相关部门就行动起来，堵住了漏洞。我意识到，记者要掌握多渠道有效信息，为政府解决问题支招。

还有群众向我们反映武汉某老旧小区，疫情期间一些群众可能生活遇到困难，可是因为信源简单无法确证。于是，我们找到了武汉当地朋友和热心群众，花了差不多一周时间，核实信息后，将名单交给有关部门，问题很快得到解决。作为党报记者，不能只关注自己的报道量，更不能局限于考核指标，而应着眼大局、服务中心工作，为党和群众分忧，践行党报记者的初心和使命。

疫情报道中媒体作用的思考

作为记者，应该为党和人民分忧，要成为发现问题、推动解决的一环。这体现了党媒记者党性与人民性的高度统一。在重大突发事件中媒体发挥着 4 个作用：

第一，媒体起着信息“收集者”的作用，把真实的情况报道出来，增信释疑、凝心聚力。

第二，媒体起着“枢纽”的作用，把群众的信息传递给党和政府，也把政策转达给群众，起到消弭信息鸿沟的作用，达到凝聚共识。

光明日报社记者章正（右）采访武汉的科研机构，了解核酸检测情况

第三，媒体起着“智库”的作用，将相关情况与专家研判联动，提出有效且务实的措施，给政府提供决策参考。

第四，整合政府、专家、媒体和民间力量，形成同心圆，合力推动问题解决。

在特殊时刻我感受到，党媒在国家治理体系和治理能力现代化过程中具有不可替代的优势，能有效履行社会责任，这是党报记者的天然属性和职业自信！

2020 年，他们的笑容点亮武汉

经济日报社　乔申颖

2020 年 1 月 29 日，我和媒体同行一起赶赴武汉，用报道见证了抗击疫情的武汉保卫战。

用努力创造人间奇迹

武汉大学中南医院急救中心护士长田钰说，由于医院床位有限，起初，不少病人滞留在急诊科，更多的病人无法进来。患者的增多、防护装备的紧缺、高强度的工作，这些都令护士们承受巨大压力。她不止一次看到有人偷偷哭。田钰说：“谁想要天天哭啊，但是压力太大了。大家互相安慰，擦干眼泪后继续咬牙坚持。”她说这番话的时候是 2 月 2 日，数据显示当日武汉新增确诊病例 1033 例。

多年前，有一篇“网红”文章这样说，中国人太要强了，连神话看到的都是人的抗争。大禹治水、精卫填海、愚公移山……与其说是神话，不如说是人们经过自己努力创造出的人间奇迹。因着这份要强，中国人一次次从困境中杀出血路。习近平总书记说：“多难兴邦。”在武汉，我更加深刻地理解了这句话。

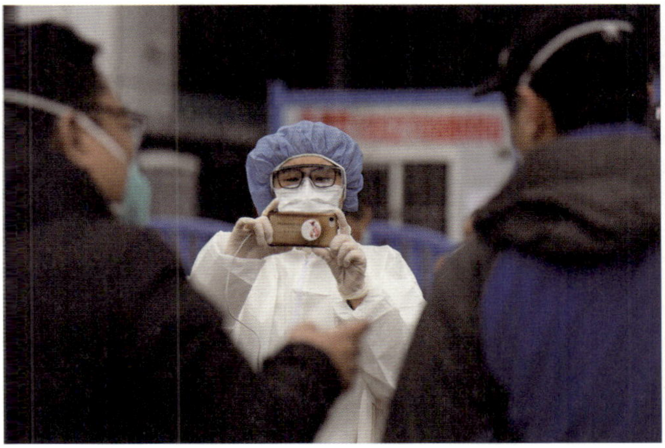
2020 年 2 月 8 日，经济日报社记者乔申颖（中）在武汉国际会展中心江汉方舱医院采访

我想起陈涛，他是武汉人，也是雷神山医院建设者之一。采访中他带着微笑和憧憬说：“再坚守几天就过去了，到时候请大家再来武汉，武汉真的是美丽的！”

我想起朱定华，他是一名出租车司机，疫情到来时主动留在武汉听从社区指挥。“就是因为疫情才不能走，在这里能为武汉多少做一点事。”他笑着说，“怕就不来了！”

还有“90 后”小伙子余靖，春节时他第一时间报名参加了志愿者工作，因为怕影响家人，一直独自住在外面。我忘不了他站在值岗的天桥上，开心地指着远处说：“我家就在那些楼的后面！”

把温暖传递给更多人

经常有人问我：“你在武汉怕不怕？”我说：“不怕”。并不是自己有什么了不起，身边有这么多人做着比我们危险一千倍一万倍的工作，他们尚且不怕，我的胆子自然也变得大起来了！感受着他们带来的温暖，我也想把温暖传递给更多人。

采访中偶然了解到 2 月 10 日是志愿者余靖 27 岁的生日，这个生日是没办法有蛋糕和聚会了。我和他的小伙伴丁作飞联系，偷偷策划了一个“惊喜”场景。大家给余靖录制了一段小视频，兄弟姐妹们祝他和另外几位志愿者小伙伴“生日快乐”！生活需要仪式感，2 月 10 日当天，我把稿件和视频一起在经济日报新媒体上发出，作为一份特殊的生日礼物。余靖高兴得语无伦次，这篇报道也被广泛转发，当地志愿者负责人称它是：“志愿者报道中最有温度的一篇。”

有意思的是，由于在这起小策划里和丁作飞合作愉快，不久后他在微信上对我说，偶然接送的一位护士非常值得采访！于是，在独特的缘分推动下，让我认识了一位特别有个性的姑娘王昭军。我和经济日报社摄影记者高兴贵同她聊了大半天，从头到尾欢声笑语。返程的路上，我对高兴贵说：“完全没想到采访还可以这样！完全没想到病房还可以这样！”她所在的武汉市第九医院是新冠肺炎定点医院，她自己则是“封城”后逆行返岗的武汉医护人员之一。工作繁重，上班时她曾经穿着防护服虚脱晕倒。但这些对她来说是不值一提的小事。她说自己接受采访，是想把患者的故事讲给更多人听。

2020 年 2 月 26 日，经济日报社记者乔申颖（左一）在湖北黄冈采访蔬菜供应和春耕情况

在她“眉飞色舞”的叙述中，我们了解到一个超乎想象的欢乐病房。大家不仅在住院期间互相关爱，离开医院之后也建了微信群聊天打气。而作为团宠的王昭军，甚至当起“专属摄影

师”，不停地拍各种工作照。

王昭军说：“有时候感觉上班不像上班，就像和朋友在一起。他们经常会说：‘昭军啊，你休息一下！’‘昭军，你有没有吃东西啊？有什么我能帮你的吗？’……好想带你们去看一下我那些可爱的病人们。”

笑容背后的中国脊梁

慢慢地我开始明白，在武汉遇到的这些笑容，不是岁月静好里的锦上添花，而是穿越障碍时的信心愿望。它们是漫天乌云里透出的阳光，是历尽苦寒后绽放的花蕾，它们是信念、是希望，所以才会带着与生俱来的守护的力量。

正因如此，当疫情来袭的时候，中国人多了一份为国分忧的责任、多了一份面对苦难的倔强。眼泪并不等于软弱，经过泪水的洗礼，她们眼里的光更加明亮，眼上的笑多了一种让人打心眼儿里暖起来的力量。

三天，我在后方编辑的启发下，拿起画笔，画出了6位医护人员的笑脸和他们笑容背后的故事。这篇名为《你笑起来真好看》的新媒体作品得到了很多人的喜欢。这让我想起重庆援鄂医生王越在《一封写给武汉的情书》里的一句话：“谁说这是一座空城，明明每盏灯的背后都有一个家庭在坚守。”我想说：“每一个笑容背后，都有一个中国的脊梁。”2020年，我会铭记他们的付出和坚守，所有的温暖和感动必将像灯塔一样，照亮我未来努力的方向。

愿为电力人打一束光

中国电力报社　朱怡

如果说，奋战在一线的电力员工是守护万家灯火的点灯人，那么就让我成为另一束光，哪怕微弱，也要照亮口罩背后一张张电力人的面孔。

“要去战‘疫’一线！”我数次向组织申请，主动请缨以“战时记者”身份随行电力援鄂队伍到武汉一线去。正月初二，我即从老家自驾 15 小时返京，随时做好出征准备，但是作为一家行业报，驰援武汉的记者名额一直迟迟“抢不到”。

随着疫情发展，我关注到疫情叠加大量人员返程、复工，给北京的防控工作和用电、用能带来了新的挑战。我便着手准备“返京和复工的双挑战，北京准备好了吗”主题的实地探访。

在联系妥当采访对象和地点后，怕领导不放心，我详细汇报了采访方案和防护措施；怕家里担心，我没有告诉父母和丈夫孩子。

出发前，我在包里装上了始终不舍得用的 KN94 口罩、护目镜、医用手套、免洗消毒　喱，以及单位采购供一线记者使用的一次性防护服。我把这些宝贵的装备都穿戴上，仿佛一身盔甲，产生了自己也是一名战士的错觉。上了车，我和摄像都不说话，手指不断在口罩金属条上按压。过一会儿，鼻梁感觉松动了，再压紧一些。

2020 年 3 月 23 日，中国电力报社记者朱怡在口罩厂生产车间实地采访，了解企业生产用电情况

"口罩啥型号的？防护服也不合格，这防护标准不行。"一到现场，我收藏的"家底"就被北京地坛医院的采访对象悉数否决。作为北京市新冠肺炎病例收治定点医院，这里收治了近 1/3 的北京新冠肺炎患者，这也随之产生了紧急新增用电容量的需求。

"我就带你们在红线外的清洁区采访吧。回家记得全身消毒，洗个热水澡。"医护人员确实有让人放松下来的本事。一开展实地探访，每天的工作节奏变得很紧张，白天出门采访，晚上还要写脚本、剪片子。最忙的一天，早上七八点开工外采一直到凌晨 2 点才交片。

一条条来自抗疫一线的鲜活视频报道在第一时间见诸中国电力报全融媒体矩阵，这些忠于事实的记录源源不断传递着希望和力量。我想到了发挥全媒体优势、创新话语表达的报道形式，于是，中国电力报及其微信公众号推出视频连线武汉一线的全媒体报道栏目——《来"电"视频连线》。

我记得和国家电网武汉市江夏区供电公司项目经理李俊视频连线时，他背后就是雷神山医院的施工现场。看着手机画面中人潮涌动的施工现场，这种集体力量下的忙碌和努力就这么真实地展现在眼前，我的鼻子不禁一酸。

李俊向我坦言：“家里有老人和 5 岁的孩子，说不担心是假的。”

“那你怕新冠吗？”

“我不怕。”

这篇《点亮火神山医院的“电力速度”》视频连线报道一经发布就感动了无数人，也让大家记住了日夜奋战在火神山医院电力施工现场的电力队伍，以及他们创造出的 3 天送电奇迹。

已经忘了有多少个夜晚，一边回看着采访视频强忍眼泪和悲痛，一边默默敲击键盘把这些令人动容的故事一一记录下来。通过《一名援鄂直升机机长的空中守护》，我们记录了头戴飞行员帽坐在机舱驾驶座上，眼神敦厚坚毅的国网通用航空公司 SG1123 机组机长吴金安；通过《记者对话黄冈“小汤山”医院里的援鄂“江西老表”》，我们记录了瞒着家人递交援鄂请战书，却在谈起孩子时眉眼带笑的国家电网江西援鄂保电抗疫队领队简火芽；通过《冬去春归，他们返程了》，我们记录了凯旋的国家电网湖南电力首批援鄂供电保障队队员黄超文……我们描摹电力人的样子、传递他们的心声、记录他们的故事，铭记这场疫情带来的伤痛和感动。

身为一名行业报记者，即使只能发出荧荧之光，我也无比自豪。因为我们心中对这个国家深挚的爱和信任，让我无论身在新闻现场，还是在千里之外，都感受到人性的光辉和温情，感受到举国上下万众一心的力量。

手机记录方舱医院的“单元长”

湖北广播电视台　李莫愁

2020 年 2 月，武汉汉阳方舱医院建成后，有近 1000 张床位，为了方便管理，负责 31 区域 500 多张床位的四川援鄂医疗队和病友们一起探索出病友互助管理模式，并诞生了一个新名词——“单元长”。出于防疫需要，我们的摄像机不能带入方舱进行拍摄，与院方沟通后，同意我们把贴了三层保鲜膜的两部手机带入方舱。在采访的时候，我们用一部手机拍摄画面，另外一部手机录制采访声音。

进入方舱的时候恰逢饭点，病友志愿者和“单元长”正在为大家发放晚餐，我们马上用手机记录下这些画面，并通过网络回传画面和文字给后方新媒体同事，让他们通过二次加工在抖音、微博等平台播放，而电视节目就等采访结束后经过制作再到大屏中播出。

采访中，我们发现每一位“单元长”都在用他们的手机记录着方舱里的生活，从他们的手机里看到了很多让人感动的画面，我一一跟他们加了微信，请他们把拍摄的视频发给我。我想通过后期制作，让观众看看方舱里面到底怎么样。

正是这些视频，让我们认识了 22 号“单元长”老危，他性格开朗、乐于助人，身体恢复情况也很好。第二天就要出院，他已经找

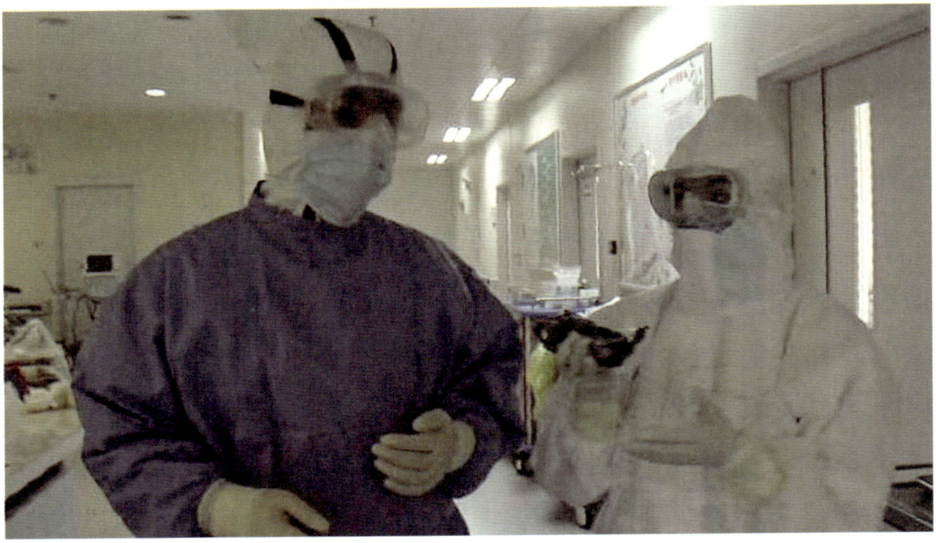

2020 年 3 月 5 日，湖北广播电视台记者李莫愁（右）在协和医院西院区采访北京援鄂医疗队医生

到年轻的小叶，让他挑起“单元长”重任，小叶本来就是一名志愿者，马上就答应了。领完物资和盒饭后，小叶和其他志愿者确认单元里人人都领到了盒饭，才开始吃饭。

在这里，我们用双眼发现细节，用脚步丈量真实，再用手机记录下每一个瞬间，每拍完一个感人故事就马上传回去。“单元长”方文晶自发地号召更多的党员入群，帮忙搭建医患沟通平台，将患者信息核实后进行登记录入；“单元长”陈谅是一名幼儿园老师，排练了手语舞带大家感谢医护人员；有的“单元长”在搬运氧气罐时受了伤，却不让人知道；有的“单元长”在出舱后咨询康复者血浆捐献事宜……打动人心的地方，我们希望当即就分享。即使细枝末节的感动，我们也希望更多的人看见。

如今，武汉的方舱医院早已全部休舱，而感动仍在继续，需要新闻工作者去记录的故事依然在路上……

细节更适合新媒体传播

北京广播电视台　陈博

2020 年 1 月 27 日大年初三，在单位值班的我听到北京赴鄂援助医疗队安排了随队记者名额的消息后，毫不犹豫地向单位提出申请，希望能奔赴抗疫一线。因为我知道，身为一名记者，我应当是那个逆风前行的人，到一线与医护人员并肩战斗。

在武汉将近 2 个月的时间里，我和同事们深入报道了北京医疗队在武汉的点点滴滴，多次进入隔离病房，用镜头记录下那里真实发生的一幕幕，并用最快的时间把一线消息呈现出来。

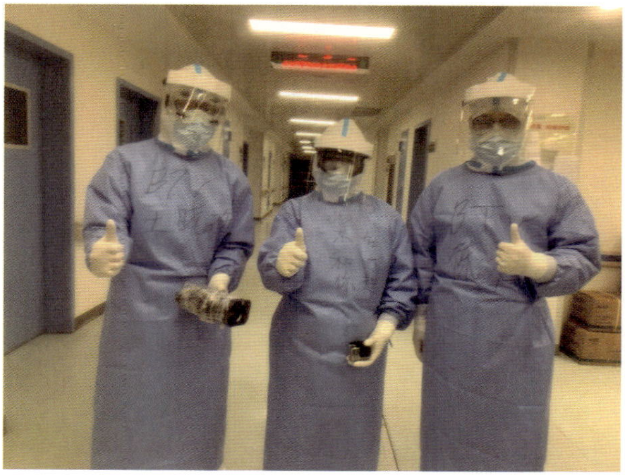

北京广播电视台记者陈博（右一）与同事在华中科技大学同济医院中法新城院区采访

为了做好新媒体报道，我们利用水下相机进入病房拍摄，从细节出发，记录了抗疫中的亲情、友情与爱情。我们还通过病房内的手机与医护人员、患者多次

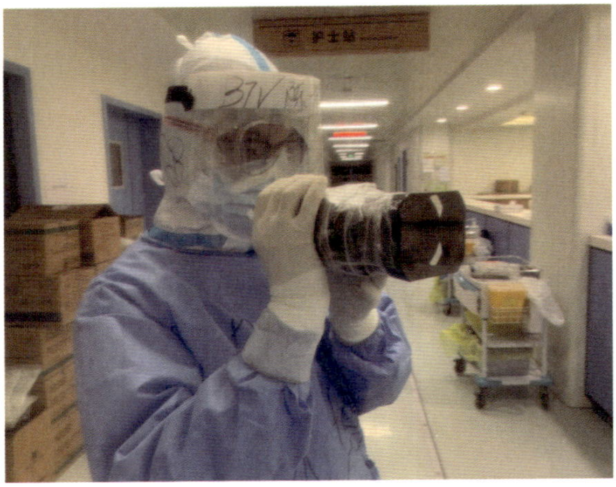

北京广播电视台记者陈博在华中科技大学同济医院中法新城院区隔离病房内采访

进行网络视频采访，也请一些医护人员在工作空闲时帮我们进行拍摄，由此发展了多位医护人员“拍手”。

我们的作品不单聚焦医护人员的工作，还特意去关注和记录很多医护人员平常生活的细节，这些素材更容易通过新媒体平台传播。拿到素材后，我会及时回传给北京的同事，后方迅速将素材编辑处理，转化为图文、短视频等新媒体报道形式进行播发。

在武汉，我们共创作了新媒体作品200余件，在网络上播放量超2亿次，其中《心疼，43岁的女护士亲身示范穿纸尿裤！“形象啥的都顾不上了，安全是最重要的！”》全网播放量超2000万，点赞超100万次。

利用工作间隙，我每天记录新媒体记者战“疫”日记，用一个个细节和故事，带大家近距离感受这座英雄城市里的点点滴滴，这些文字受到了网友的关注，平均阅读量达6万次。我想，这并不是因为我的文字有多美，而是文字中的那些细节、那些故事，告诉了我们什么是温暖、什么是真情。

疫情战场上的新闻战士

内蒙古日报社　刘春

2020 年 2 月 14 日，出征湖北省的前一天晚上，我和读高二的儿子在书房做了一次“告别”。

我尽量放松语气，说要去湖北采访，儿子低头不语。过了一会儿，他哽咽着问我：能不去吗？我盯着他的眼睛，说我的职业是记者，这是我的选择，国家有难，需要记者作为一名战士冲上去。

2 月 15 日一早，在到达呼和浩特市白塔机场的那一刻，我的工作便开始了。在飞机上和同行的内蒙古医疗队队员聊天，下飞机做搬运工，在班车上活跃气氛，在荆门驻地学习疫情防控知识……感觉有做不完的事情。当被医护人员称作“战友”的时候，心里那种使命感油然而生，我暗下决心：一定要记录好他们的故事！

在疫情环境下，“记录”是个难题。刚开始因为对抗疫一线情况不熟悉，医护人员在忙着治病救人，出于安全考虑，我们不被获准到病房采访……这些情况着实让我们感到有些无措，并且心急如焚。尽管如此，我仍然用随笔的方式努力记录下每日在一线的所见所闻所思，没想到这样的写法竟然很受欢迎，得到读者的热切回应。直到医疗队领队李杰告诉我：“到我们的微信群里去！”200 位医护人

内蒙古日报社记者刘春（右一）出发时在呼和浩特白塔机场采访内蒙古医疗队人员

员的故事，对于记者来说已经足够“奢侈”，开局良好！

在我的随笔里，出现了张卿、王彦、项雪莲、朱淑芬等疾控专家、医生、护士的名字，每个名字后面都有一个感人至深的故事，有白衣为甲、义无反顾，有医者仁心、大爱无疆，还有担当奉献、冲锋在前……每个故事都生动地诠释着“生命至上、举国同心、舍生忘死、尊重科学、命运与共”的伟大抗疫精神。

我常常是含着热泪在采写医疗队的故事，写完让医疗队队员帮我“审稿”，他们看完会说：“我是流着泪读完的。”回到内蒙古之后，和医疗队的“战友们”聚在一起说起这些故事，大家仍然难以止住泪水，经常是说着说着就流泪了，然后又会含着眼泪笑起来。

在这项特殊采访任务中，内蒙古日报社给我提供了极为宽松的环境：不安排硬性任务，一切由我做主，还为我开设专栏“逆行手记”。这个专栏，实际上是报社对我随笔体写作方式的认可。读者对这种具有亲和力的写法也纷纷点赞，认为第一视角的写作方式代入感强，能引发共情和共鸣，内蒙古援鄂医疗队的故事好像就发生在自己眼前一样。

随着对内蒙古医疗队的了解越来越深入，后期的采访和写作便有了规划和布局，无论是点、线还是面，我都站在全局角度出发，于是便有了“勇士出征、湖北鏖战、战地歌声、战地飞鸿、平安凯旋”系列篇章的整体构架。同时，在采访的方式方法上也有了一些创新和突破，比如“追问式”，这是基于自己对医疗救治常识的陌生而采取的方式；又比如“解读式”，这是为了让受众“秒懂”而采取的方式；再比如“跟随式”，这是为了克服疫情防控措施带来的相对不方便而采取的搭乘物资车辆边走边采的方式……

好多的“没想到”在忙忙碌碌中便发生了。出发之时以为只是十几天的采访，没想到在湖北一待就是35天，没想到竟然写了4.5万字，还没想到能够在隔离期间完成报告文学《天使出征》的写作完稿。更加没有想到的是，2020年9月8日，我获得了党中央授予的“全国抗击新冠肺炎疫情先进个人”称号。

回首在疫情战场上奋战的这些日子，无数个无法忘却的故事，将成为我新闻生涯中镌刻在心灵最深处的温暖记忆。

既快又准，对报道要求更高

上海澎湃新闻　魏凡

我是一个从小在武汉长大的湖北人。从来没有想过，有一天最大的新闻现场会是我生活的城市。

尽管在 2020 年武汉处于“封城”状态的时期，在我的日常采访中，仍能感受到这座城市的坚韧气质——医护人员不分昼夜，尽最大能力不放弃每一个病人；志愿者自发团结在一起，四处奔走，筹措物资送往每一个需要的地方；社区里的工作人员不停穿梭，摸排隐藏的危险……

记忆犹新的是在武汉肺科医院 ICU 里看到的场景。这里住的都是极危重的病患，每一个患者都插管了，意识模糊，随时可能失去生命。新冠病毒的面目在这里显得尤为狰狞。

感触最深的是医护人员的压力。在各类医疗仪器的运行声中，他们时刻保持警觉，一听到警报声，就马上冲上前。“你不抢救不处理，病人可能就面临危险。”一位医生告诉我。

每晚 7 点，是他们例行给患者拍 CT 的时间，每一次拍摄，所有医护人员需要退到走廊等待。短暂的间隙，成为他们不可多得的可以稍作休息的时间。有护士坐在长凳上，仰天闭目，用手捶着额

2020 年 2 月 6 日深夜，上海澎湃新闻记者魏凡探访武汉市中心医院后湖院区

头；有护士步履蹒跚，似乎随时会晕倒；也有护士静静看着窗外的夜色。看到这个景象，我心里感触良多。疫情之下，谁不是一个普通人呢？会累，会怕，会想家……但这些平凡的英雄，没有一个人退缩。

这场疫情中，全国不少主流媒体聚集于此，数百位记者奔波在一线。得益于技术手段的不断升级，新闻越来越“快”，但也更注重“准”，在确保事实准确的前提下，能快人一步找到报道的切入点，力求全面真实地呈现抗疫一线的真实情况，对记者的要求其实更高。这过程中，我往往是现场拍摄素材，实时传回后方，与后方快速沟通好进度，即时剪辑、审核、发布，通过前后方的密切配合，才能源源不断制作出各种新媒体作品。

期待我们的家园早点结束这样特殊的日子，早点恢复城市的日常喧嚣。作为一名新闻工作者，我要做的就是继续坚持，做好记者的本职工作，等待一切变好。

见过凌晨 3 点的黄石

江苏扬子晚报社　蔡蕴琦

“不破楼兰终不还”，全国 4.2 万余名医护工作者义无反顾挺进湖北。作为江苏援助黄石医疗支援队随队采访记者，我有幸能用镜头、笔杆记录战“疫”英雄挥汗一线的珍贵瞬间。

2020 年 2 月 18 日起，扬子晚报“紫牛新闻”App 开设“蔡蔡在疫线”专栏，刊发我在黄石发回的战“疫”一线的实时报道。为了能第一时间处理前方记者传回的素材，做到实时发布，“紫牛新闻”成立了由策划审核、文字编辑、视频剪辑、视觉创意等 10 多人组成的保障小组，

凌晨 2 点，江苏扬子晚报社记者蔡蕴琦（左）和同事跟拍江苏援黄石医疗支援队交接班

江苏扬子晚报社记者蔡蕴琦在黄石市中心医院 ICU 采访

小组的微信群里 24 小时都有人值守。保障小组成立 30 天来，专栏刊发稿件 100 多篇。大部分稿件以记者探访、跟随采访的形式采写，半数以上配发视频。

如果见过凌晨 3 点的黄石，就一定更能感受医护人员在前线有多拼。为了记录下江苏医疗队忙碌的清晨，凌晨 2 点，我出发赶往医疗队驻地，跟拍医护人员交接班的场景。凌晨 3 点，来自江苏南通的两位女护士脸上贴满胶布出现在镜头前，胶布下是连日来被护目镜压出的伤口。穿上防护服不能上厕所，出发前两人没喝水没吃饭，只吃了一块巧克力。接下来的 5 个小时，她们要在 ICU 病房连续奋战。这些小细节被捕捉到后，通过“图文＋视频”的形式刊发，打动了不少网友，在扬子晚报新媒体平台点击量达数百万。

不到“疫”线，我可能不会认识那些幕后英雄。

江苏医疗支援队有一支“福尔摩斯”探案队——“流调小组”。江苏省疾控中心“流调小组”最先抵达黄石，他们负责追溯病毒的源头，挖出每个确诊病例完整的传播轨迹。他们站在离病毒最近的地方，面对未知的风险，毫不畏惧。他们剖析的每个病例背后都有一份让人心惊肉跳的病毒传播图，每次“探案”都危险重重。《江苏“福尔摩斯”黄石探案》一稿发出后，在扬子晚报新媒体平台点击量近百万次。

最难忘的是在黄石市中心医院 ICU 内，我见证了江苏医疗队队员在最危险的地方与病毒斗争，与死神“扳手腕”。当我看到 5 名医护人员小心翼翼地搀扶着一位卧床近两个月的危重症老人第一次下床，我的眼泪忍不住涌了出来，模糊了护目镜。我为苏黄两地医护人员坚持不懈挽救生命而感动，为老人的死里逃生而高兴。我通过 Vlog 的方式，记录下那珍贵的瞬间，记录下亲历者的真实感受。

2020 年“三八”妇女节来临之际，紫牛新闻推出了以战“疫”最前线的女医护人员为主角的视频《亲爱的她们》。在报社指挥下，我和坚守在南京的同事联动，在黄石战“疫”前线拍摄的素材，成为《亲爱的她们》的重要组成部分。越真实越能打动人心，这则视频发出后，网络总点击量过亿次。

武汉抗疫新闻课

浙江天目新闻　王坚颖

2020年1月25日，接到单位紧急通知后，我即刻从外地赶回杭州，作为浙江医疗队的一员驰援武汉，开始了在湖北长达66天的抗疫记者历程。

这是刷新我职业生涯许多纪录的一次采访经历——时间最长、条件最苦、危险性最强。这段参与武汉抗疫报道工作的经历，是一堂最生动的新闻采编实践课，也是最鲜活的马克思主义新闻观教育，让我对新闻工作者增强脚力、眼力、脑力、笔力的认识有了质的提升。

浙江天目新闻记者王坚颖和浙江医疗队返回杭州的场景

在湖北的66天里，我到机场接过浙江援助武汉医疗队的每一批队伍，到过每一支队伍的驻地，还去过浙江援助荆门医疗队的驻地和负责病区。我是医疗队里进出隔离病房、ICU 的“常客”，几乎每天都在一线采访，哪怕已是第五批援鄂的浙江省人民医院医疗队，我也到驻地和病区采访过 9 次，进入隔离病房 4 次。在湖北期间，我共发布了原创视频报道 70 多篇，直播、文字等其他报道 20 多篇（次），单篇全网阅读量最高 2000 多万，点赞、评论过万。

我认为，践行“四力”，首先要解决的是记者的思想问题。作为最初唯一的随队记者，我和第一批医疗队经历了“打仗一样”的心理过程。由于是紧急出发，一路上大家都是搬运工，一起吃泡面和冷盒饭。我被医疗队队员吃苦耐劳、不惧艰险的战斗力所感动和激励，到武汉后，我就和领队曹启峰说：“我先做队员，给大家帮忙。”随队记者不能只管自己的报道，出力吃苦的活儿都要参加，所以队员们都把我当成了战友。

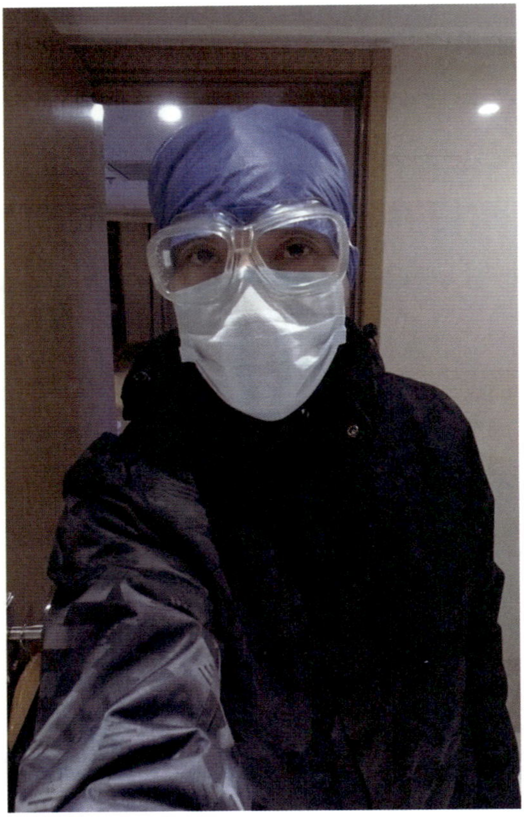

浙江天目新闻记者王坚颖在武汉第四医院直播

践行“四力”，还要不惧艰险。1 月 28 日，浙江医疗队接管武汉第四医院病区，29 日我就申请进入了隔离病房。疫情初期，被感染的风险还是很大的。但是我告诉自己保持乐观自信就是最好的抵抗力，因为我还要完成多出正道、多出作品的使命！

记者将脚力、眼力、脑力、笔力践行到位，甘甜的收获也随之而来。看到一篇篇积极鼓劲的报道，有护士来感谢我说："这是我这辈子最珍贵的记录。"在一次直播的时候，连医疗队队长曹启峰都冲到我的镜头前，要求和女儿说几句，很多队员追着我要回放，迟一会儿就着急。我曾跟随浙大一院病区主任章渭方进入隔离病房，拍到了病人和他撒娇、要求视频连线告诉儿子自己的病情已经好转，这些鲜活的素材不走隔离病房、不到最一线去，是遇不到、更拍不到的。我是学新闻出身的，摄影、摄像、文字有强有弱，但都还能顶上。真正难倒我的是出镜。在武汉期间，后方编辑团队要求我必须出镜拍 Vlog。一开始我很抵触，但是通过反复练习，硬着头皮冲上去，我跌跌撞撞地进步了，在镜头前变得更加镇定和熟练，并且开始尝试做直播。可喜的是，一次和人民日报社联合组织的"武汉浙江病区"直播活动，阅读量达 2000 多万次，评论点赞过万次。

在众声喧哗的社交媒体时代，我所亲身经历的武汉战"疫"宣传报道和多次成功的舆情应对，充分证明了我们主流媒体的传播力、引导力、影响力、公信力在关键时刻发挥出了稳定人心、激浊扬清的"压舱石""定盘星"作用。作为一名新媒体工作者，这堂生动鲜活的现场新闻实战课教我重温马克思主义新闻观，更让我对于记者践行"四力"有了更深的体会和感悟。

在“专”字上狠下功夫

山东大众日报社　王凯

2020 年 1 月 25 日晚，作为首批仅有的几位记者，我随山东省第一批援助湖北医疗队到达武汉。这段时间里，作为一名从事采编工作 22 年的新闻工作者，我感受到了来自各方面的挑战，有不少感触，也有一些思考。

如何发挥好前线记者的优势

新媒体时代，信息传播形态和平台的多样化带来了信息传播的便利性，每一个人都可以是信息传播的主体，都可以是一个信源。在这次抗疫一线报道中，这种情形让我印象深刻。

1 月 26 日凌晨，山东医疗队刚到达国家卫生健康委指定援助地黄冈，我们随队的几位前线记者立足未稳，反映医疗队队员踊跃报名、出征、离别等信息的文章、图片、视频等已经通过各种渠道出现在后方，被编辑处理后分发到各类媒体平台，以多种产品形式出炉，迅速赢得了大量关注。

随后，山东省多家医院专门成立后方报道保障支持系统，安排专人负责指导、收集、整理前方医疗队队员信息，撰写新闻稿件，除在网站、公众号、客户端等平台上推出外，还将相关内容同步向媒体系统输送分发，并以这些素材吸引大量后方记者参与联动，重构内容生产流程，推动报道形态升级。一些医疗队队员还纷纷注册抖音、快手等个人账号，将个人的工作、生活、所思、所见等直接呈现在各类新媒体平台上，观看量达万级、10万级以上。

2020年1月27日，山东大众日报社记者王凯第一时间奔赴尚未完工的大别山区域医疗中心采访

这样，一条完整的“医护人员—医院宣传人员—后方记者—媒体”的内容生产供应链构建完成。它直通新闻当事人和新闻发生地，一方面连接新闻源，一方面执行后方编辑部部署，直接为后方媒体服务。这些经过多方协作形成的报道，无论是数量还是质量都毫不逊色，这就对身处前线的随队记者提出了挑战。

由于受疫情防控、人身安全、交通环境等条件限制，前线记者的信息来源、采访手段、采访形式也发生了显著改变。作为一名前线记者，如何在一线最大程度地做好新闻现场的精彩呈现，发挥好现场记录的优势，为受众带来既专业又具有较强可读性的报道，是对每一名抗疫一线记者的职业素养、协调本领、沟通能力的综合考验。

如何确保报道的专业性

在这次战“疫”报道中，碎片化、情感化的倾向较为明显。疫情暴发后，各家媒体均以超常规的阵容全方位展开报道，除原有跑口记者外，大量抽调临时采编力量加入，但也暴露出存在专业知识短板，一些报道仅停留在细碎、情绪化的简单呈现。与此同时，一些具备医学背景的微博、微信公众号、客户端，却以专业化的报道获得热捧，尽管社交媒体的局限性也较明显，但其专业的表述、精准的呈现，也为我们专业机构如何做好这类报道、确保专业化水平提供了一个方向。

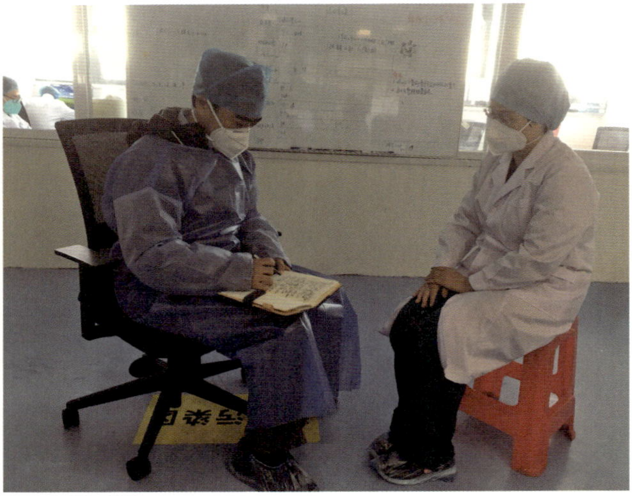

2020 年 3 月 11 日，山东大众日报社记者王凯（左）在黄冈大别山区域医疗中心山东医疗队感染隔离病房采访

传播生态的变化，对传统主流媒体提出了挑战，同时也需要媒体人不断“转方式、调结构”，在一专多能的“专”字上狠下功夫，真正体现主流媒体的权威性和公信力。

践行“四力” 履行职责 做媒体融合的实践者

山东广播电视台 孔冠军

湖北黄冈是除武汉外疫情最严重的城市，整座城市按下了暂停键。初到那里，紧张的气氛弥漫整座城市，让我们压力巨大。战“疫”前线，哪里最危险，医务工作者就在哪里，我们新闻记者就应该出现在哪里。

作为首批援鄂医疗队，到达黄冈，开战就是决战。大别山区域医疗中心——黄冈版“小汤山”是一所刚启用的医院，也是后来山东医疗队队员最重要的战场。可以说，我们是这里的“拓荒者”，这里成为我的新闻主战场。

在黄冈，我们充分利用电视、广播、网络、移动等各个传播平台，采用了短视频、直播、组图、Vlog、H5 等很多报道方式和报道手段，今天做动态消息，明天做新闻特写，后天做典型人物。我一直在思考，碎片化报道、动态化报道很重要，但还要加强策划，主动设置议题，去更好地记录这段特殊时期，更好地抢占主流舆论的制高点。习近平总书记说：“受众在哪里、读者在哪里、用户在哪

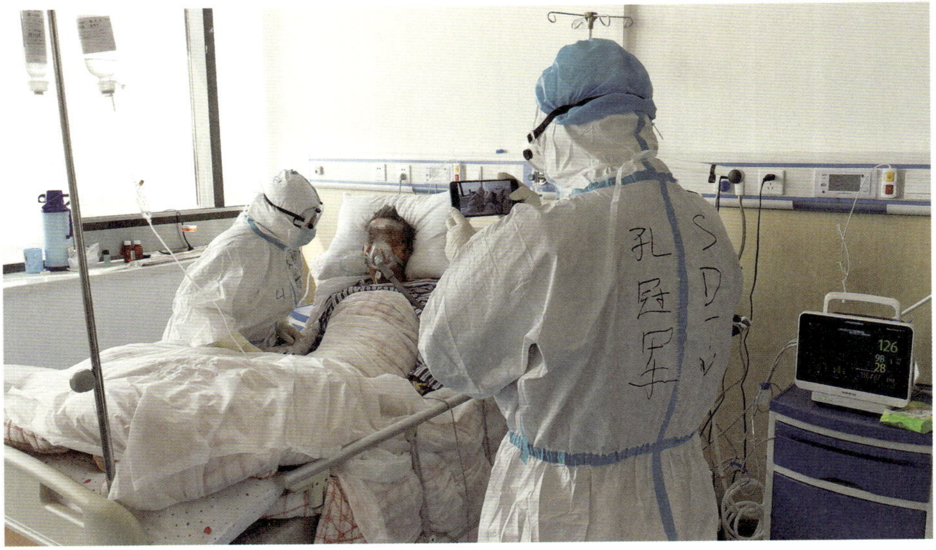

山东广播电视台记者孔冠军（右一）在湖北黄冈大别山区域医疗中心 ICU 隔离病房采访重症患者

里，我们的工作重点就在哪里。”认真思考后，我决定做一个传播更快、影响更大、更容易被受众看到的新媒体短视频。于是，就有了《黄冈战“疫”24 小时》这篇报道。

在黄冈采访期间，我们从驻地酒店到医院“两点一线”，每天少则一趟，多则三趟，用镜头记录下山东医疗队与死神赛跑的每个瞬间。很多人说，新闻是用“脚”跑出来的，我们天天跑医院、进“红区”，目的就是捕捉最生动的场景、最感人的故事，增强新闻报道的吸引力、感染力。

在医院、在病房，我们用眼睛去捕捉，用摄像机去记录，回到酒店思考、商量、编辑、写作，练就了我们敏锐的“眼力”、善思的“脑力”和精练的“笔力”。为了做好这个短视频，我邀请了两位医疗队队员共同参与，对于文稿共同讨论过三四个小时，修改了 3 遍，才打磨成片。

媒体融合大背景下的记者，应该是多面手。在黄冈，我经历了很多“第一次”：第一次出镜，第一次跟电视直播连线，等等。我还积极与央视、湖北卫视、湖南卫视、黄冈电视台、青岛电视台等媒体联动，建立新闻联动机制，传播山东战“疫”好声音。

在黄冈，我和同事刘洋、孙希磊在本台发稿 200 多条，在央视《新闻联播》播发单条、组合单条 10 多条。其中，在央视《新闻联播》播发的首个反映山东医疗队的单条报道《抗疫英雄谱：为生命的重生而坚守》，让亿万观众看到了山东医疗队的医者仁心和齐鲁担当。

践行“四力”，讲好万众一心战“疫”故事，是党和人民赋予我们新闻工作者的职责使命。受众在哪里，主流舆论的红旗就要插在哪里。我们要把这面红旗插到疫情防控的主战场上，并让这面旗帜在疫情防控第一线高高飘扬。

隔空拥抱：用距离感受温度

河南广播电视台　高晨

“妈妈，我好想你，你能不能早点回来？”

“妈妈是共产党员，共产党员啥都不能怕！”

……

2020 年 1 月 31 日中午，周口市扶沟县人民医院发热门诊外，9 岁的程诗雯和父亲一起，给奋战在抗疫一线的护士刘海燕送上了一碗热气腾腾的饺子。发生在这对母女间的“隔空拥抱”被记者的摄像头真实地记录了下来，让许许多多的中国人潸然泪下。

1 月 31 日，也是我驻守周口市的第四天。通过多方联系，我了解到护士刘海燕因多日没有回家，她的丈夫要去给她送饺子的新闻线索。我意识到，这是一条有血有肉、直击人心的好新闻！我和同事们开始争分夺秒地与医院和刘海燕家人联系，确定采访时间。

采访过程有多名记者参与其中，大家以“旁观者”角度原生态地记录和还原了整个新闻事件。为了确保报道时效性，采访结束后，我随即蹲在医院的空地上，用手机软件编辑了整条节目。电视台播出报道后，“河南广播电视台民生频道”抖音号、微信公众号等新媒体渠道也同步播发。没有想到的是，这条报道一经推出就“爆红”

河南广播电视台记者高晨在采访“隔空拥抱”的新闻现场

全网。在短短8个小时内，仅抖音号播放量就达1.6亿次，点赞量834.3万次，被转发、评论65万次。多家中央媒体也报道或转载了这一新闻，“隔空拥抱”的故事就这样被传遍祖国大江南北。

这只是我在周口市驻守采访期间发回的新闻报道之一。除了刘海燕，我还记录下了在风雪中依然坚守的高速卡口抗疫工作者、为了提振精神而打拳的社区志愿者、村口的“硬核”大喇叭喊话……在24天里，我拍摄了53篇视频报道，每一条节目都获得了较好的传播效果，让老百姓坚定了战胜疫情的信心。

回想起这段采访经历，我有3点感悟：

一是坚守基层。最鲜活的新闻在一线、最感人的故事永远在基层。“隔空拥抱”固然感人，但能够发现并采制这条报道的基础是，记者在一线、在基层、在现场、在身边，始终把百姓放心上、与人民在一起。

二是坚守真实。真实是新闻的生命。无论是刘海燕用“共产党

2020 年 2 月 14 日晚，天降大雪，当河南广播电视台记者高晨和同事们赶到扶沟西收费站时，由公安、交通执法、医护人员组成的防疫工作小组依然在卡点坚守岗位

员啥都不能怕”教育女儿，还是两人以“隔空拥抱”传递感情，记者能够做到真实记录但“不打扰”，让新闻事实得到原汁原味的体现。

三是坚守担当。驻守期间，每当我采访医护工作者时，其实心里还是有些害怕的，但是看到同样是“90 后”的他们，毫无畏惧、舍生忘死地在一线与“死神”搏斗较量，我就更加坚定了我们新闻工作者身上也同样肩负的责任与担当——疫情不退，我们不退！

精准聚焦精心创意　凝聚众志成城抗疫力量

——以“新湖南”客户端战“疫”系列创意海报为例

湖南日报社　黄晓辉

在灾难性报道中，主流新闻媒体作为党和政府的耳目喉舌，要在展现抗灾救援进程、抚慰报道对象、平复受众心理创伤等方面发挥作用和影响。要尊重新闻规律、遵守职业道德，从弘扬社会主义核心价值观出发做好主题策划和稿件采编，同时利用新媒体化的技巧手段强化用户意识、提升共情能力，多讲那些群体和个人大爱奉献的温情故事，突出暖心瞬间，汇聚正能量，营造万众一心战胜灾难的良好舆论氛围。

在抗击新冠肺炎疫情报道中，湖南日报社旗下“新湖南”客户端借鉴革命战争年代的战斗海报的相关设计特点，用“新闻照片+创意设计”形式，先后推出了20多期战“疫”系列主题创意海报作品，体现创意新颖别致、主题入木三分、设计醒目生动、风格明快有力、情绪饱满温暖等特点，每张海报如号角、似旌旗、若战鼓，展现各条战线同舟共济精神风貌，激发凝聚众志成城抗疫力量。

湖南日报记者黄晓辉（左）在采访农户在疫情期间的生活和农业生产情况

该系列作品有以下几个特点。

第一，聚焦抗击新冠肺炎疫情的主战场、主力军、先锋队，以冲锋在前的医务工作者为主角。每张海报以白衣战士等战“疫”人员形象为主画面，配以50字左右的简要说明，点出定格瞬间的时间、地点。精心制作的标题，表达着心声和敬意。比如，《别哭，我勇敢的爱人》这一组海报选取即将奔赴战“疫”一线的离别场景，有伉俪情深、有新手妈妈，通过“别哭，我会平安归来”“等你回来，我娶你”“加油，必胜”等旁白话语，表达着他们在医护人员之外另一重身份的不舍和牵挂。湖北胜则全国胜。《黄冈战“疫”，“湘”当“鲁”力》这一组则聚焦对口支援的黄冈一线，通过“战士”“战袍”“战书”“战友”“战果”等一系列“战”字词语，将奔赴前线、一线战斗、并肩作战等时刻串联起来。

第二，抓住细节、放大细节、渲染细节，用细节传递情绪和温度。《这些痕迹，刻在你脸上，痛在我心里》系列海报用9张特写镜头，以一线医护人员摘取口罩后的勒痕为主线，采用面部特写，放大细节，通过他们脸上深深浅浅的勒痕、坚毅温柔的眼神、略显疲惫的微笑，表达敬意，传递信心。《光头·强》选取“男医生剃光头赴一线”的特殊场景，报道湘雅医院第三批支援湖北医疗队的勇敢“逆行”。《汗！捍！》突出连续奋战的医护人员挂在脸上、眉头的豆大汗珠，护目镜因汗水起雾，手术服被汗水浸湿等细节，诉说着白衣战士的无言守护与辛苦付出。《"背"感温暖》聚焦"防护服的背后"，中南大学湘雅医学院5位同学相约在防护服背后写下"精忠报国"，相互激励；长沙市公共卫生救助中心的医护人员写下"双击么么哒"等网红词语，让患者舒缓心情。通过温暖背影，表达"传递的是温暖，扛起的是希望"的内涵，引导群众增强信心、坚定信心，着力稳定公众情绪。

第三，适应移动传播需要，以新闻图片海报为主要素材，推出视频海报产品。融合文字、新闻图片、视频、音乐等多媒体元素，将同一主题的图片海报纳入其中，配以音乐渲染主题、引人共鸣。2020年2月16日，我们推出视频海报作品《我不知道你是谁，我却知道你为了谁》。在17帧画面中，白衣战士戴上护目镜、穿上防护服化身"蒙面人"，只能从书写在他们后背的名字认出谁是谁，却能从救佑生命、甘于奉献、冲锋一线的行动中，明白他们"为了谁"的平凡与伟大。背景音乐《为了谁》旋律优美、耳熟能详，"我不知道你是谁，我却知道你为了谁……"点燃情绪，令人泪目。2月14日，我们推出视频海报作品《湘雅医院护士情侣在武汉重症病房隔空告白》，记录了湖南驰援武汉的一对刚订婚不久的准夫妻不约而同报名上一线，同住在一个酒店却7天没见面。2月14日凌晨，两人在重症病房隔着玻璃见面，互相表白，让这份爱有了更特别的意义，传递着温暖、信心、力量和希望。

自学的多媒体技术都派上了用场

广东触电新闻　臧穆

在武汉采访的近60天里，作为广东医疗队的一名随队记者，医护人员在一线，我们和他们并肩战斗，用镜头记录着一切。已经数不清进过多少次重症病房，穿脱过多少次防护装备。

特殊时期的拍摄，影像记录就要采取特殊的方式。

传统的设备比较大且复杂，带入病房拍摄后，如何安全地带离是一件特别棘手的事情。所以，第一次进到隔离病区，我做足了准备，采用了最轻量的小型化设备，既能保证采集到画面，又能减少沾染，防止带出病毒。因为医疗队是一个整体，防护措施是重中之重，个人的安危关系到身边的每一个人，要为自己负责也要为他人负责。我多数采用的是手持式带有稳定功能的摄像机，收音设备也是超小型便携式产品，整个机身除去镜头和变焦部分，都用保鲜膜包裹住，仅仅保留一个翻转屏幕监看，采访时能固定机位也可以小范围走动拍摄。

第一时间记录和传送动态信息，是新媒体报道的第一要素。火神山医院建设是全国人民关注的焦点，夜探火神山的那天，我选择了一个高点，用“手机拍摄＋现场讲解”的方式记录下医院建设的

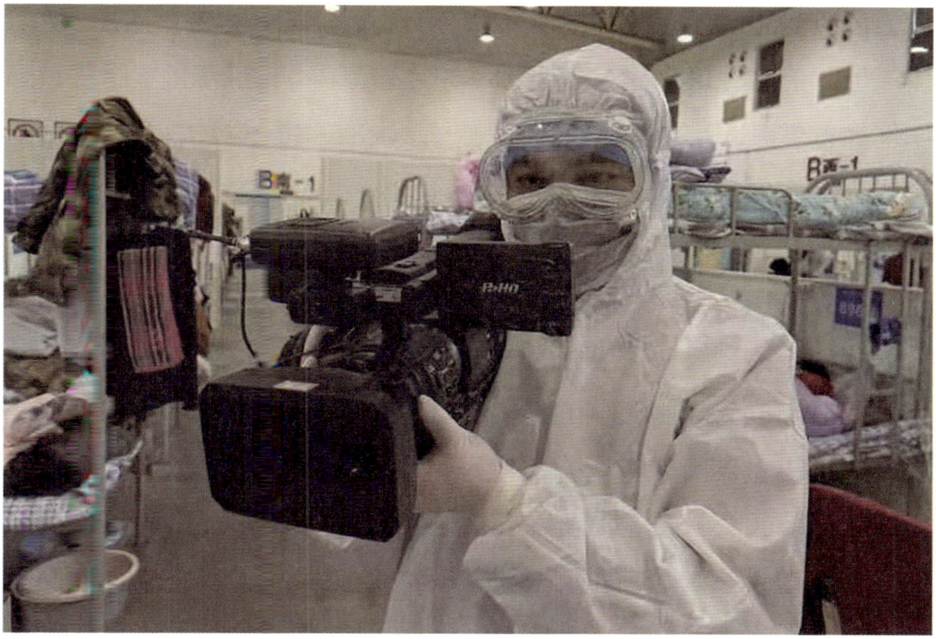

2020 年 2 月 17 日，广东触电新闻记者臧穆在武汉客厅方舱医院采访支援湖北武汉的广东惠州医疗队

最新进度。首次转运病人的那天，在病人到来的前一刻病房里还在紧张地做着各项接收准备，负责电力的工作人员正在忙碌地做着最后的线路检查，我立刻用手机记录下这一宝贵影像，并在触电新闻上发布了最新的动态消息。作为曾经的传统媒体记者，需要不断突破原有的理念思路，充分运用多元化的拍摄和传播方式，向全媒记者转型。平时自学的航拍器拍摄、手机软件剪辑、调色软件等，在抗疫报道中都派上了用场。

近 60 天的坚守，每天看到白衣天使在岗位上奋力拼搏，尽心尽力地去挽救生命，我作为一个近在咫尺的记录者，同样经历了一幕幕生死离别，而这一切将是我职业生涯里最宝贵的财富。

抗击疫情　践行“四力”

广西广播电视台　李小玲

新冠肺炎疫情是一场全人类与病毒的战争。作为一名媒体记者，我责无旁贷地参与了这场战“疫”，在抗击疫情中践行“四力”，见证历史，记录时代，提升了能力水平，历练了人生，洗涤了心灵。

深入战“疫”一线，诠释人民至上、生命至上

2020年全国两会上，习近平总书记讲述了这样一个故事：一名87岁的新冠肺炎患者，身边10来个医护人员精心呵护几十天，终于挽救了老人的生命。“什么叫人民至上？这么多人围着一个病人转，这真正体现了不惜一切代价。”

新冠肺炎疫情发生以来，以习近平同志为核心的党中央高度重视，始终把人民群众生命安全和身体健康放在第一位。战“疫”关键时期，4.2万多名医护人员舍小家顾大家，奋不顾身奔赴湖北抗疫最前线，与湖北人民并肩战斗，抗击疫情。在十堰市，广西医疗队接手西苑医院重症病区的第二个晚上，就参与抢救了习近平总书记讲述故事中被救治的这位老人。这是当地新冠肺炎确诊年龄最高的

2020 年 2 月 12 日，广西对口支援湖北省十堰市新冠肺炎防治医疗队出征。广西广播电视台记者李小玲（左二）在采访医疗队领队黎君君

老人患有 11 种基础性疾病。广西医疗队和十堰市西苑医院组成诊疗团队，先后组织了三次抢救。在医护人员的精心救治下，老人最终康复出院。广西医疗队撤离前，老人在孩子的陪同下专程送来了锦旗。“你们把我从鬼门关里拽了回来，是党派来的救命恩人！”面对镜头，老人感激之情溢于言表。

在抗击疫情中，无论是危重病人还是普通病人，医护人员都竭尽全力救治，用实际行动践行医者的责任与担当。广大新闻工作者闻令而动，挺身而出，逆风前行，勇敢地站在医护人员身边，践行“四力”。广西抗疫最吃紧的关头，由于防疫物资匮乏，我和其他深入一线采访的媒体记者都只配备了医用外科口罩，没有防护服，只能用雨衣代替。为了能够拍摄到医疗救治的现场画面，必须结合风力、风向等因素确定拍摄机位和撤离路径。媒体人向“疫”而行，义无反顾地奔赴抗疫最前线，用饱含温暖的笔墨、催人泪下的画面、感人肺腑的语言，生动诠释了“人民至上、生命至上”。

及时准确发声，回应社会关切、凝聚力量

2020年2月8日，广西壮族自治区疫情防控工作领导小组指挥部发布4号令，对做好机关、企事业单位返岗、复工后新冠肺炎疫情防控工作提出具体要求。这份文件从签发到当天《广西新闻》播出几乎同步。大家打趣说：这是一份带着温度的4号令。

为快速有效地阻击新冠肺炎疫情，广西密集出台了一系列文件，

2020年3月，广西广播电视台记者李小玲（右）深入机场，协调组织媒体采访广西援鄂抗疫医疗队凯旋

压实属地责任，动员全区干部群众抗击疫情、共克时艰。每一次重要文件出台、重大信息发布时，我总是提前与有关部门沟通，把抗疫指令播发时间精准到分秒，第一时间进行权威发布，强信心、暖人心、聚民心。

在突发重大事件中，及时发布权威信息、积极主动回应社会关切、有效引导舆论，是媒体人义不容辞的责任。2 月 28 日，抗疫英雄梁小霞在武汉协和医院西院工作时突然晕倒，是全国 4.2 万多名援鄂医疗队队员中唯一病倒在武汉抗疫最前线的医护人员，引发社会广泛关注。我全程参与了相关宣传协调和舆论引导工作，迅速协调媒体发布权威信息，全面报道了各界的关心关爱行动，及时将中央指导组高度重视，组建多学科专家组进行救治，并派专机护送梁小霞回广西继续救治的相关情况发出详细的报道，继续深入梁小霞工作的医院、就读的学校和她的家里采访，发回相关后续报道。全力展现在党和人民最需要的时候，这位“90 后”小姑娘义无反顾地奔赴抗疫最前线，用生命践行敬畏生命、救死扶伤、甘于奉献、大爱无疆的崇高精神，引导社会舆论趋向客观平稳。

创新合作传播，提升传播效果、扩大影响

“武汉胜则湖北胜，湖北胜则全国胜。”在疫情防控的危急关头，壮乡人民积极响应党中央号召，将医护队伍、防疫物资、生活用品源源不断运往湖北，送达十堰，全力以赴托举生的希望和新的未来。

在这场艰苦卓绝的战“疫”中，广西媒体人坚守初心使命，发挥各自优势，创新合作传播，奏响抗疫最强音。去不了湖北，就利用先进的视频会议系统进行云采访、云录制，现场连线广西援鄂医

疗队；到不了十堰，就与十堰媒体合作，共同开设专栏，推出特别节目，联合开展疫情防控报道；进不了病房，就委托医护人员代为采访和拍摄，互相讲述他们参与当地医疗救治的情况。2 月 26 日，人民网广西频道联动人民视频、人民网湖北频道、十堰日报社和湖北广电“长江云”顺利推出《人民战“疫”：广西驰援十堰》特别直播节目，国内共有超过 130 家媒体平台参与联动直播，阅读量超 1300 万次。灵活多样的报道手段，鲜活平凡的感人故事，传播效果得到极大的提升，生动展现了壮乡人民守望相助、共克时艰的精神风貌。

四次采访才挖掘出的故事

重庆上游新闻　罗永攀

医生张雷在孝感的 44 天里发生了很多故事，加上他善于表达，我决定对他做一次视频专访。访谈一气呵成，从张雷的话语里，我感受到了医护人员的大无畏精神，也收获了前 3 次采访中没有挖掘

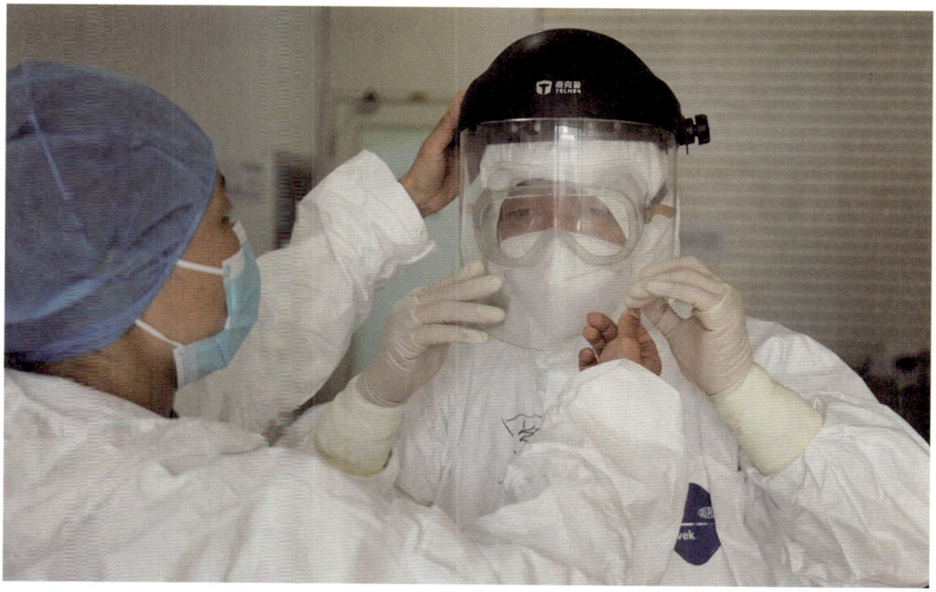

重庆上游新闻记者罗永攀（右）进入孝感市东南医院污染区采访之前，医护人员协助罗永攀穿戴防护装备

出来的新闻。

到达湖北孝感后的第一次采访，正好赶上重庆第一批援鄂医护人员交接。当时，我完全不认识第一批 60 名医护人员，手里也没有他们的名单，现场只给了媒体 10 分钟的采访时间。我和同事只能随机寻找采访对象。巧的是，我在现场遇到了首批重庆支援湖北医疗队副队长、重庆医科大学附属三院 ICU 主任张雷。采访后，我才明白，在这个医疗技术设备与医护力量远不如武汉的城市，重庆第一批医疗队面对的困难有多大。

几天后，我到隔离酒店采访一位护士，再次遇到张雷。采访结束后我和张雷医生刚聊了 10 多分钟就被打断，但是也有收获：他说在孝感偶遇了自己的一名学生，如今也是医疗队队员，正在驰援孝感。

第 3 次见到张雷，赶上医护人员第二次轮休。聊天中，我发现张雷身上有太多的故事：到现在都没有告诉母亲自己在湖北抗疫一线，最初即使防护服短缺、防护不到位也要进入隔离区……

重庆上游新闻记者罗永攀（右）在孝感市第一人民医院采访重庆市中医院医生严君

3 次采访，我感觉和张雷的交流很顺畅，他是一位善于聊天的人。有这个优势，为什么不用视频的方式呈现呢？在上游新闻重庆频道和影视中心的配合下，我决定对张雷做视频专访。但现实很残酷：摄影记者除了一台相机、一部手机，没有更多的设备。我们马上联系孝感电视台，借来三脚架、灯光、背景布……在驻地酒店会议室临时搭建了一个棚，在连拾音话筒都没有的情况下，我利用手机话筒做了一次深度专访。

访谈一气呵成，收获了前三次采访中没有挖掘出来的新闻。但我总觉得有点意犹未尽，灵机一动，就请后方记者帮忙采访张雷的家人，来个前后方联动。

经过4次采访，终于完成了视频专访。访谈挖掘出了张雷在孝感抗疫这44天里所发生的点点滴滴，从小角度、小故事切入，展现医务工作者面对病魔的不屈不挠。张雷说，第一天到孝感驰援医院时发现防护服不合格，但还是决定冲在最前面。说到这里，他停顿了一下，取下眼镜，擦了擦眼角的泪水。“这一段就不要播了，我是很担心年轻医护人员感染，才决定自己先上的。”情到深处，也令我泪目。然而，摄影记者并没有停止拍摄，视频编辑也没有掐掉这个细节——一个40多岁男人真诚的眼泪。

文稿很快形成，后方视频编辑连夜剪辑。1个小时的访谈素材，浓缩成7分钟的片子。

2020年3月10日一早，视频深度专访《驰援孝感|ICU主任的抗疫44天》在上游新闻客户端推出，前方的辛苦和后方的思念，前方对家人的隐瞒和后方的担心……无一不打动观众，引发大家的共鸣。不到24小时，这条稿件仅仅在上游新闻客户端的点击量已达1086万次。

疫情下的日记

陕西日报社　沙莎

2020 年 1 月 24 日 22 时 20 分，大年初一，一架空军伊尔 76 飞机从西安咸阳国际机场紧急起飞，机上运载着空军军医大学 143 名医护人员飞赴武汉。凌晨 4 时 50 分，到达武汉不久的空军军医大学西京医院神经外科副主任医师胡世颉给父亲发了一条信息：“爸，我被抽调到武汉抗病毒去了。”7 时 36 分，父亲回复了 4 个字：“不辱使命！”

1 月 26 日，陕西省人民医院、西安交大一附院、西安市第一医院、西安市胸科医院等 51 家医疗机构 137 名医务工作者组成第一批支援武汉的医疗队，正式踏上“援鄂”的征途。

陕西日报社记者沙莎（中）采访农村防疫工作

自疫情爆发，陕西省已先后派出 935 名医护人员驰援武汉。这些医疗队队员中很多漂亮的女医生都剃掉了头发，年迈的母亲送别出征的儿子，还有那些还是孩子的面庞就扛起了拯救生命使命的年轻人……他们也害怕，也牵挂自己的孩子、担心年迈的父母，但还是义无反顾地选择奔赴一线。出发的时候没有人想到会成为英雄，他们说得最多的是挽救生命。对生命充满敬畏，我想这是这些逆行者的最可贵之处。

陕西日报社记者沙莎凌晨在西安公共卫生中心建设工地现场采访

在医护人员出征的同时，我也努力践行着新闻工作者的职责。疫情初期，我采写了一组《长安战“疫”十二时辰》报道，报道中有工地的工人、机场的地勤、值守的警察、看护病人的医生、批发市场的菜贩、快递小哥、农村大妈……我和同事行走 521 公里，不间断采访 24 小时，以十二时辰的方式，真实记录下在抗击疫情中，西安这座城市的一天，这些普通的工作者坚守在自己的岗位上，做好自己的本职工作，从这些平凡百姓身上折射出的是一座城市的品格，是陕西人的态度，更是中国人的精神。

在互联网时代，信息传播技术的发展让每个人都拥有了“麦克风”，但传播真相、稳定人心、加油鼓劲是我们每一名新闻工作者的神圣使命，我以无比的热情和专业的态度关注着这场突如其来的疫情，和医护人员并肩战斗，用一篇又一篇抗疫报道去记录和歌颂这个伟大时代。

以笔为弦奏响众志成城的和声

新疆日报社　晁瑾

2020年春节前，一场新冠肺炎疫情突如其来，我义不容辞主动请缨“冲锋”，与新冠病毒直面交锋，成了大家口中的“战地记者”。不平凡的2020年，致敬所有勇敢，致敬平凡的你我！

忐　忑

2020年1月底，湖北告急，集结向武汉进发的首批新疆医疗队口号响亮。第二批、第三批医疗队相继出发，出发仪式上护士张彩虹拿出孩子给她画的防毒面具，默默放在行李箱中；护士王琳放下了还在哺乳期仅6个月大的儿子……我也毫不犹豫地写下《请战书》，请求跟随医疗队前往。但是种种原因未被允许前往，但每天我都会与前方“战士”连线，记录下他们的战“疫”故事。记得一位医生轻声对我说：“晁记者，我想家了……”一瞬间，电话两端的我们声音都哽咽了……

年初，我曾连续20多天在严寒中坚守采访一线。饱含真情地写下了多篇广受好评的侧记，创作了多条鼓舞人心的新媒体作品。由我采制并首发的小视频报道《新疆舞“舞”动方舱》被新华社采用，点击量破亿次，“方舱舞”成为彼时最热的抗疫名词之一。

感　动

2020 年 7 月，乌鲁木齐疫情暴发。我再次请缨进入自治区新冠肺炎医疗救治定点医院，成为参与新疆抗疫报道的唯一一名女记者。

7 月 31 日，我第一次进入 ICU 病区，当时 10 多张床上都是重症患者。7 月的乌鲁木齐，病房里非常热，我看到一位阿姨身上插着鼻管正在进行俯卧位通气，当时阿姨说太热了，感谢护士给她剃了寸头。一周后，我去轻型、普通型病区采访，在病房里一眼就认出了这位留着寸头的阿姨。“阿姨，我在 ICU 里见过您。”“对对，我

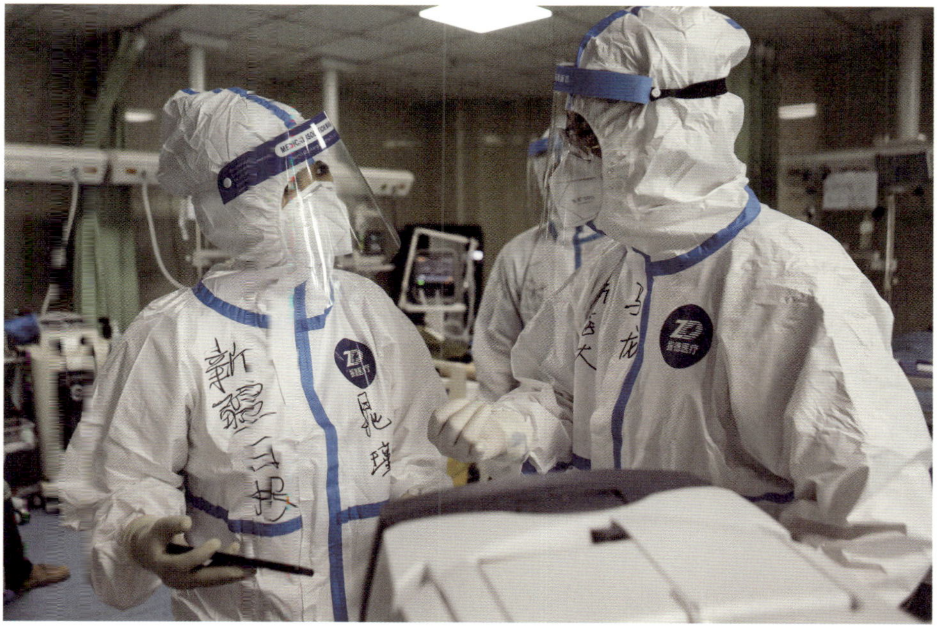

8 月 2 日，新疆日报社记者晁瑾（左）在医院采访

8 月 2 日，新疆日报社记者晁瑾在医院采访

从 ICU 转过来的，医生说我核酸已经阴性，很快就可以出院了。”我和阿姨约定，出院那天要来送她。出院那天阿姨穿上了碎花红衬衫，她跟病友道别，并向照顾了她 10 多天的医护人员深深鞠了一躬，病区主任罗琴拥抱了她，仔细嘱咐着：“阿姨，回去后适度锻炼，按时吃药，电话写给您了，有问题随时找我们，我们是您永远的医生和护士。”刘阿姨说：“希望疫情早点结束，你们能脱去防护服，让我看看你们最美的样子。”我采制了视频报道《刘阿姨出院记》，传递出医患共情的抗疫力量。

希　望

虽然顶着 30 多摄氏度的高温，但是医护人员厚重的防护服上写的是“加油”的字样，布满雾气的护目镜下传递着的是必胜的眼神。

一位 ICU 护士从外面摘了些小野花带进病区，送给她护理的一位老奶奶，奶奶插管说不出话，但做了个“比心”的手势；每天午后，医生就推着坐在轮椅上的重症患者，在院子里晒晒太阳……

在这里，我看到很多驰援过武汉的医护人员又来保卫自己的家乡，他们没有豪言壮语，而是用行动诠释着铮铮誓言，用一次次抢救，让患者化险为夷。他们对每一位病患全力以赴，健康与生命的回归，是对他们最高的褒奖。

2020 年 9 月 7 日，乌鲁木齐疫情“双清零”，无 1 例死亡病例，无 1 名医护人员感染，白衣战士用漂亮的数据给此次救治工作画上了圆满的句号。9 月 8 日，我获得“全国抗击新冠肺炎疫情先进个人”称号，用一线的坚守领获了这份荣誉。这荣誉，属于你、属于我，属于生活在这片热土上的每一个人！2020 年，我用 386 篇稿件珍藏战“疫”、铭记战“疫”。未来，我会不断增强“四力”，继续以笔为弦，奏响众志成城的和声，记录伟大时代的感人瞬间。

编后语

新冠肺炎疫情发生后，中国记协认真贯彻落实习近平总书记重要指示精神，组织引领广大新闻工作者积极践行增强脚力、眼力、脑力、笔力要求，奔赴抗疫主战场，以高度的政治责任、真挚的人民情怀和崇高的职业精神到基层一线深入采访，采制优秀新闻作品，大力弘扬伟大抗疫精神。中国记协第一时间为新闻工作者送去慰问、鼓劲加油，全力服务保障一线抗疫新闻工作者。

为记录新闻“战士”们讲述的难忘故事，展示新闻战线在抗疫斗争中作出的突出贡献，中国记协国内部在全国新闻界广泛征集优秀抗疫记者手记70篇，涵盖报纸、通讯社、广播、电视、新闻网站和新兴媒体，全景展现新闻战线在大战洗礼中坚定理想信念，在特殊环境下履行职责使命，在突发事件中创新融合报道，在抗疫一线考场中，用新闻作品交出了一份完美的答卷。

最后，衷心感谢在本书编写出版过程中，中宣部新闻局、出版局和国家卫生健康委宣传司的悉心指导，中央主要新闻单位、全国性行业类媒体、地方媒体以及各级记协组织和学习出版社给予的支持和帮助。